KB040336

늦사랑

늦사랑

초판 1쇄 인쇄   2018년 2월 6일
초판 1쇄 발행   2018년 2월 12일

지은이   박창순
펴낸이   박미옥
디자인   이원재

펴낸곳   도서출판 당대
등록   1995년 4월 21일 제10-1149호
주소   04047 서울시 마포구 독막로3길 28-13(서교동) 204호
전화   02-323-1315~6
팩스   02-323-1317
전자우편 dangbi@chol.com

ISBN   978-89-8163-171-0   03800

늦사랑

●

박창순 지음

당대

책을 펴내며

이 책은 교단에서 일을 끝내고 쉼의 자리로 옮겨 앉는
언니를 기념하며 동생을 통하여 주는 하나님의 선물입니다.
오래전 친정어머니의 기일에 친정에 갔다 돌아오는 길에 정년에
관련된 여러 이야기를 하는 중에 동생이 정년 때 내가 언니
퇴임기념으로 책을 출판해 주겠다고 했습니다. 그 약속이 지켜져
이렇게 저의 첫 작품집이 되었습니다.

41년하고 6개월이 제가 '직업'을 가지고 일한 시간입니다.
대학졸업하고 3월부터 6년 반은 조교로 그리고 그후는
시간강사와 전임으로 가르치는 일을 했습니다. 몇 권의 교과서와
연구물들은 활자화되었지만 작품집은 처음입니다.

책의 첫번째 부분과 세번째 부분은 아주 오래전부터,
또 오래전에 쓴 글들입니다. 그리고 두번째 부분은 교회나
기도모임에서 작은 책자를 낼 때 게재된 글들도 더러 있습니다.
특히 독후감들은 선교지 『나팔소리』와 청소년 신앙잡지
『10대들의 연』에 실렸던 글들입니다. 그중 『10대들의 연』에
게재된 것은 그들의 눈높이에 맞춘 책과 글입니다. 정년을
기념하는 것이니 친구, 동료, 후배, 멀리 있는 가족의 글이 있으면
더 좋을 것이라는 편집자의 조언이 있어 여러 분들께 정말
예기치 않게 급하게 부탁해서 받은 글들은 부록으로 넣었습니다.

이 자리를 빌려 감사에 감사를 드립니다. 그래서 이 책이 한층 더 의미가 있게 되었습니다.

글은 모든 것을 미화(美化)시키는 능력이 있다고 생각합니다. 지독한 악과 아주 추한 죄와 비참한 궁핍까지도 글이 되면 사람들에게 감동을 줍니다. 글이 가지고 있는 힘이라고 생각합니다. 저의 글도 그럴 것입니다. '美化'된 삶과 생각들일 수 있습니다. 원고를 정리하며 묵은 일기장과 초고가 있는 먼지 나는 공책을 들추었습니다. 30년, 20년이 넘은 것들이라 누렇게 변한 것도 있었습니다. 마치 저의 삶이 시간에 따라 변한 것처럼 말입니다.

저는 이제 오래된 것, 낡은 것이 있어야 될 자리로 갑니다. 낡고 오래되었지만 아쉽고 그리운 사물처럼 존재하고 싶습니다. 이제까지 은혜를 주셨던 것처럼 하나님께서 허락하신다면 사람이면 죽을 때까지 끝낼 수 없는 배움과 가르침의 자리에 있고 싶습니다.

일과 책과 글에 몰두해 가족을 등한시한 엄마를 잘 이해하고 참고 견디고 이제 가정을 이룬 딸과 아들에게 미안하다는 말과 고맙다는 말을 하고 싶습니다. 하늘나라에서 모든 것을 듣고 보고 계실 시부모님과 부모님, 남편에게도 깊은 감사를 드립니다. 아주 특별한 직장에서 좋은 동료들을 만나 늘 기쁘게 일할 수 있었던 것도 은혜였습니다. 이 작업을 계획하고 시작하고 끝까지 모든 것을 맡아준 동생, 당대출판사 박미옥 대표에게도 '고맙습니다.'

이제 남은 시간도 은혜와 긍휼로 이끄실 하나님께 영광을 돌립니다.

2018년 1월 감자골 누옥에서

박창순

차례

사랑
그리고 고백

사랑(1)

고요가
내 마음에 자리하기 전에
크게 꽃피운
당신의 웃음

사랑(2)

사랑하지 않는 사람을
사랑하는 어리석음
그래도
그 사랑을 멈추지 못하는
안쓰러운 사랑

사랑(3)

항상 잡고 싶은
당신의 빈, 그러나 따뜻한
손

사랑(4)

파르르 떨며
떨어지는 꽃 이파리 하나,
그래도 사그라들지 않는
그리움

사랑(5)

한 점 바람 없는데도
이렁거리는 마음,
눈빛이 바람 되어
천지를 흔든다.

사랑(6)

잡을 수 없는
당신의 목소리,
잡히지 않는
당신의 마음,
그 목소리와 마음에
매달려 있는 욕망

사랑(7)

죽어도
버릴 수 없는 마음,
이미 당신에게로
달아난 새 한 마리.

사랑(8)

꽃이 떨어지는 날 아침보다
더 고통스러운 것은
당신과 이별하는 순간

사랑(9)

그분의 영원한 아들이신
당신을 사랑하는 죄인,
당신이 가늠 못하는
죄인의 고통

사랑(10)

천지의
들꽃처럼
피어나기를 바라는
우리들의 사랑

사랑(11)

잊어버릴 것도 없는
우리들의 시간
그러나 잊혀지지 않는
당신의 향기

사랑(12)

소유하면 잃어버릴
당신,
그러나 당신은 바람 되어
사랑을 만든다.

사랑(13)

물보다 더 깨끗한
당신의 영혼
그 영혼에 그늘 지우는
불쌍한 사랑

사랑(14)

한번도 들여다보지 못한
당신의 깊은 사랑의 샘
그 샘보다 더 깊은
당신의 고독

사랑(15)

한 그루 나무로
내 영혼에 뿌리내린
늘 푸른 당신의
웃음

사랑(16)

한번도 들은 적이 없는
사랑한다는 말
그러나 당신의 손끝에
달려 있는 사랑의
흔적

사랑(17)

천지 어디에도 없는
당신의 욕망
그 앞에 늘 부끄러운
몸짓 하나

사랑(18)

눈뜰 때마다 자라는
사랑의 마디가
꽃도 피우지 못할
나무 한 그루 되다.

사랑(19)

당신만이
끝낼 수 있는
노래,
사막의 그 끄트머리에서도
들을 수 있는
절규

사랑(20)

천지간에 날려 보내도
없어지지 않을
말(언어)
당신에게로 향한
마음의
노래

사랑(21)

밤에,
깊은 어둠속에서도
볼 수 있는
길 하나
그 길 뒤덮은
붉은 사루비아

사랑(22)

눈뜨지 말았어야 될
눈부신 아침
어느새
옆에 와 자리하는
아린 아픔

사랑(23)

푸른 잎 사이로
언뜻 비치는
한 줄기 햇살
그 속에 묻어나는
가리운 그리움

사랑(24)

잡을 수 없는 것은,
달아난 우리의 새
나만 혼자 키운
우리의
새

사랑(25)

차라리 산에나
묻어두었으면
좋을 사랑
그래도 맞이해야 될
고통의 아침들

사랑(26)

듣지 아니 하려
귀 막지 않았는데도
우리의 노래는
늘 주인 없이
천지를 떠돈다

사랑(27)

산의 새처럼
사철 부는 바람처럼
밤하늘의 은하처럼
당신은
참으로 그리 자유로운가
사랑으로부터

사랑(28)

흔들리지 않는
당신의 찻잔
그 속에 담긴
당신의 흔들리는
눈빛

사랑(29)

글자를 만드는 당신의
손
손 가득히 고여 있는
오랜 인내의
시간

사랑(30)

천길 만길 흐르는
강물 되고 싶고
하늘 그 끝 닿는
소리 되고 싶은
그 바램 무참히 꺾는
죽어야 될 운명

사랑(31)

사그라들지 않는
바램 하나
당신 곁에 서성이고 싶은
부끄러운 마음

사랑(32)

죽어야 끝날
아름다운 사랑
그 사랑으로 영원을
기대하는
질긴 인연의 끈

사랑(33)

한번도 당신의
문 안으로 초대받지 못한
불꽃의 사랑
그러나
당신의 뜨락에 뿌리 내린
붉은 달리아로 핀다

사랑(34)

당신은 내 운명의 그늘
그래도 어둡지 않은
하루, 그 그늘 아래
드리운 평화

사랑(35)

당신이 있어 기쁜 나날
이제
한낱의 고통으로
나를 지배한다.

사랑(36)

차창 밖에서
웃고 있는 당신의 얼굴
내 눈 속에
쏟아지는 별빛

사랑(37)

진달래 흐드러지게
핀
산을 넘을 때
마음 천 갈래 만 갈래
찢어지는
봄의 얼굴

사랑(38)

혼자 앉은 식탁 너머에
당신이 있어
초라하지 않은 저녁상
적막한 하루의 위로

사랑(39)

꽃그늘 아래 서면
향기 묻어나는
버리고 싶은 육신,
못 잊을 당신

사랑(40)

비 내리는
6월의 오후에
우체국에 들러
당신에게 보내는 엽서 한 장
몇 날을 두고 생각한
몇 마디 말, 그래도 남아 있는
수천 가지의 사연

사랑(41)

금빛가루 뿌린
찬란한 황혼녘의 바다에
서면
멈추는 시간
사랑이 주는 환상의 그늘을 본다
허망한 사랑

사랑(42)

바람 따라 오는
당신의 마음자락
허공을 도는
사랑의 말

사랑(43)

365일 잊지 못하는
당신의 외로운 뒷모습
이제는 잊어야 될
지난날의 풍경

사랑(44)

처음부터 홀로였던
우리
다시 볼 수 없는 얼굴
이제는 가슴에 바람소리로 있다.

사랑(45)

사랑의 이름 아래에서도
자유스러워지길 갈망한 당신
이제는 가라
저 창공의 끝까지
가라
모든 이의 가슴에서 잊혀져도
외롭지 않을 당신,
이제는 가라
홀로 가라

사랑(46)

내게 남아 있는 것은
당신의 이름 석 자와
당신을 사랑한
시간과
비어 있는 마음

사랑(47)

흔들리지 않는
사랑임을 내가 죽을 때까지
믿사오니
영원히
나를 품으소서

사랑(48)

사람을 사랑하고
난 뒤에사 알 수 있는
당신의 사랑입니다.
이제사 당신의 참사랑을
아는 죄
용서하소서

사랑(49)

당신의 사랑을
처음 알던 날
그때서야 죄로부터
자유로웠습니다.
나만 홀로 아는 죄도
당신은 아셨기에
내 눈물 훔쳐 주시던
당신의 피 묻은 손

사랑(50)

깊고 깊은 어둠의
심연에서
사랑하는 모든 것과
이별을 준비할 때
그때 내가 본 것은
당신이 계시지 않는 십자가

사랑(51)

흔들리지 않는 당신의
사랑,
그 사랑으로 넓어지는
하늘과 땅,
하늘 아래 모든 것을
흡족케 하는
십자가의 은혜

사랑(52)

비어 가난하였던 가슴
채울 것 없어
더욱 추웠던 나날
이제는 당신으로
채울 수 있사옵니다

사랑(53)

천만 번 잡아도
또 잡고 싶은
피에 젖은
당신의 손
그 안에 있는
사랑의 빛

사랑(54)

이별 없는 사랑을
가르쳐준
당신,
아무것도 원하지 않는
그 사랑을
가슴으로 받는다

사랑(55)

영혼을 부수는 당신의
말씀들,

사랑(56)

밤에,
혼자 걸어도 좋은 길을
말없이 그분과 함께 걷는다.

사랑(57)

비에 젖은 꽃잎 같은 내 영혼
그러나 당신 앞에서는
빛이 되고 싶은 욕망

사랑(58)

창을 열면 내 옆에 와서 앉는,
마치 당신의 숨결 같은 푸르름
더 깊어지는 인내

사랑(59)

해질녘 강변에 서서
당신을 위해 부르는
나지막한 나의 노래

사랑(60)

빗방울 소리마다 지는
가슴속의 꽃들
소리도 흔적도 없다.

사랑(61)

당신이 만든
수만 가지 단풍색,
당신께 드리는 고백
숨길 수 없는 나무들의 늦사랑

사랑(62)

잠들 수 없는 고통,
죽음과 바꾸어도 좋을
고통 속에서 만나는
당신의 실재,

사랑(63)

첫눈 속에도 남아 있는
장미꽃 한 송이
부끄러운 늦사랑의,
그러나 황홀한 고백

사랑(64)

죄와 욕망 속에서는
들을 수 없는 당신의 음성

사랑(65)

거리에 가로등에 불이 켜지면
가고 싶은 곳
당신이 계시는 영원한 고향

사랑(66)

못 박힌 흔적으로
죄인의 집에 오신 날,
비로소 당신의 소유가 된
죄인.

사랑(67)

당신이 보내주신
5월과 라일락 향기
그리고 꽃들이 하는
슬프지 않은 이별

사랑(68)

꽃 속에도 별빛에도
그늘에도 있다.
아니 10원짜리 동전에도 있다.
나눌 수 있어서,
그늘과 빛을

사랑(69)

석양의 바다가 피우는 노란 꽃
보라꽃 하양꽃
당신에게 보내는
나의 저녁인사

사랑(70)

눈물 골짜기에서 서성이다
마음에서 걸어나와
비로소 만나는
정결한 세상, 말씀.

고백(1)

바람이 분다. 나무가 흔들린다. 마음 같다.
마음을 지배하고 있는 생각. 버려야 될 생각과 기억인데도
나는 떠나보내지 못하고 있다. 사람과 사람의 생각에
집착해야 될 까닭도 의미도 없다. 생각이 머물게 한다고,
마음으로 집착한다고 달라질 것은 없다.
집착하지 않으면 더 자유스러워지겠지. 오늘은 유난히 마음이
흔들린다. 바람 때문일까?

고백(2)

마음을 떠나보낸 적도 없는데 마음은 이미 달아나고
없었다. 마음이 발길을 돌린 곳은 내가 문을 닫고 마음을
거두어들여야 될 곳. 넘나들 수 없고 넘나들면 안 될 상념.
그러나 늘상 허우적거리며 하루에도 수천 번 생각하는
곳이다. 아, 갈 수 없는 나라인데, 내 마음은 이미 그곳에
가 있었다. 내 마음이 간 곳을 아무도 모르지만 나를 품고
계시는 그분은 아신다.

고백(3)

견디어낼 수 없다고 밤을 피하지 마라.
모든 것을 시들게 하는 한낮의 땡볕을 피하지 마라.
나무가 바람에 마구 흔들릴 때에도 그냥 두어라.
그러나 대지는 그 뿌리가 뽑히지 않도록 나무를 단단히
끌어안아야 되리. 내가 고통 속에서
그분을 끌어안는 것처럼

고백(4)

사랑이 사람에게 고통이 된다면 사랑하지 마라.
네 공허가 너무 커 사람으로 채우려 하지만 그 무엇으로도
채울 수 없다. 그분으로 채워야 될 사랑의 샘. 그분으로만
충만해질 수 있는 깊은 심연의 사랑.

고백(5)

사람들은 자기 것을 얻기 위해 이웃을 묵살하고 짓밟고
억압하고 빼앗는다. 완전하다고 하는 사람은 그 완전함을
지키기 위해, 더 많이 가진 자는 그것을 지키기 위해 이웃을
속이고 또 속인다. 내게 있는 것을 지키기 위해 사람을 상하게
해야 한다면 내게 있는 것을 버리리.

고백(6)

그는 문자를 보냈는데 나는 의미를 원했다
그는 마음을 보냈는데 나는 심장을 원했다
그는 순간을 이야기했는데 나는 영원을 원했다.
그는 부분을 주려 했지만 나는 전부를 원했다.

고백(7)

자연보다 더 아름다운 것이 있을까. 새벽이 오는 소리는
쇼팽의 음악보다 은밀하고 조용하다. 밤이 깊어지며 만나는
별과 나무와 숲과 이야기는 슈베르트의 밤과 꿈보다
더 감미롭다. 밤과 달이 헤어지며 나누는 인사는 한없이
조용하지만 모든 사람이 숨을 죽여야 들을 수 있을 만큼
이별의 언어가 있다.

고백(8)

해가 지며 어둠이 슬며시 머리를 내밀면 대부분의 사람들은
바삐 집으로 돌아간다. 해가 떠난 자리에 어둠이 와서 앉기
전에 집으로 돌아간다. 어둑해지면 켜지는 가로등이 태양을
전송하는 그 순간이 더 가슴이 아프다. 밝음과 어둠이 만나고
헤어지는 까닭에서다.

고백(9)

해가 세상의 모든 것과 헤어지는 그 저녁 어스름의 순간은
누구도 그려내지 못하고 말하지 못하고 노래하지 못하리. 그
이별이 매일매일 일어난다 할지라도 진부하지 않다. 일상이
어제와 같지 않고 헤어지는 모든 것이 어제의 것이 아닌
새로운 것들과의 만남이었기 때문이리라.

고백(10)

낮과 해, 밤과 달, 바람과 나무, 비와 우산 이들은 헤어지며
인사하지 않는다.
그들의 이별에는 소리가 없다. 울지도 않는다. 우리의
이별에도 눈물과 소리 없기를.

시를 읽으며

시퍼런 강물이 가슴에 흐르는 사람들의 시를 읽으면
그 속에서 상처와 절망과 설움 본다,
언제, 어디에서인지 시작은 알 수 없는데
그들 가슴에 남아 있는 무수한 자국들.

아무와도 주고받지 못한 사랑과
혼자만 사랑하다 지친 눈물과
세상을 흠모하다 외면당한 분노와
아직도 준 적이 없는 마음이
시가 되어 언어로 드러나 움직인다.
그것이 상처로 눈물로 남아
위로받은 흔적으로 시가 되었다.

삶의 무게가 너무 무거워 별이 되지 못한 안타까움과
질긴 인연의 끈을 끊지 못한 번뇌도 흔적으로 남기고 싶어
활자로 되어 天地를 돌아다니는 시
그들의 숨겨진 상처가 텃밭 이룬 거기에서
씻기워진 아픔의 자리도 본다.

아욱국

새벽장에서 사온 아욱을 씻는다.
아주 늦은 밤,
문득 아이의 내일 아침밥상이 걱정되었다.

감자를 넣어 끓인 아욱국을 좋아하는 아이,
국을 먹으며 기뻐하는 아이를 생각하며
아주 늦은 밤에 누웠던 자리에서 일어나 수돗물로 아욱을
씻는다.

가난한 밥상에 한 그릇의 아욱국이
수천 개의 기쁨으로 살아나 아이의 작은 가슴에 별이 되어
은하를 이룬다면,
이 밤 새워 아욱을 씻으리.

아,
은하를 이루는 기쁨이 없더라도
졸린 눈을 비비며 떠먹는 한 사발의 국그릇에서
별이 되어 떠도는 사랑을 볼 수 있다면
이 밤을 새워 아욱을 씻으리.

나무

찬란한 네 모습이 눈부시어
차마 보지 못해도
이미 내 가슴에 들어와 뿌리내린 너.

여럿이어도, 홀로이어도

나는 욕망으로 목말라 가는데
너는 하늘을 이고 사는구나

너의 푸르름과 눈부심이
나를 끌지만
나는 그대의 그 모습 때문에 차라리 눈물겹다.

말로 못한 너와 나의 사랑이 그렇고
네가 가진 그 질긴 생명,
天上을 향한 네 의지가 두렵다.
나는 땅의 것을 버리지 못해 야위어 가는데
너는 어디까지 그리 타오르려느냐?

가슴을 채운 수천 가지의 꽃은 꺾어지고,
이파리 무성한 얽힌 덩굴 그대로 내게 남아 있어도
이제 "너"가 되어 내 운명에 들어온 존재인 너는 영원히

찬란하고 푸르리라

　너는 하늘을 끌어안고 땅을 끌어안고 天地를 메운 언어의
소리에 귀 기울이며 그리 살아라.

　나는 너의 소리를 들으며 산다.

천상병에게 묻다

같은 사람의 세계가
이렇게 다르다는 것이 신기하다

이전의 시가 하늘이라면
이후의 시는 땅이다.

이전의 시가 生花라면
이후의 시는 造花다

이전의 시가 인도의 부처라면
이후의 시는 대웅전의 불상이다.

이전의 시가 2000년 전 이스라엘의 예수라면
이후의 시는 액자 속의 예수다.

이전과 이후의 경계를 나는 모른다.
이전과 이후가 다른 까닭도 나는 모른다.

그에게 물어볼까? 하늘로 간 천상병 시인에게.
무엇이 그를 변화케 하였는지

당신은 누구십니까?

흠모할 만한 아름다운 것도 없는데 가장 아름다운 이로 남아
있고,

연한 순 같고, 마른 땅에서 나온 줄기 같은데도 강한 자 되어
우리를 소유하시며,

어디에서도 볼 수 없는데도 "지금도 너와 함께 있다"고 하신
당신은 누구십니까?

그때는 바라지도 못했지만 지금은 모든 것에까지 지배받기를
원하며,

우리의 가장 아름다운 것을 드려도 그 사랑 갚을 길 없는
커다란 사랑을 주신 당신은 누구십니까?

사랑한다는 말씀 없이 우리와 함께 계시고,

홀로 눈물 흘릴 때 말없이 다가오셔서 눈물 닦아주시고,

죄로 어둠속에서 헤맬 때 우리의 심정이 지옥 같을 때,

그때도 그리 말라시며 우리를 평안케 하시는 당신은
누구십니까?

때로 그리워 손잡고 싶지만 어디에서도 찾을 수 없지만

늘 우리 옆에 계시어 쓸쓸케 하시지 않은 당신은 누구십니까?

십자가에 달려 피 흘리시면서도 당신을 버린 우리를 위해

기도하시며

고통 속에 있는 당신을 우리가 버렸지만

버린 자를 찾아다니시는 당신은 참으로 누구십니까?

기쁜 소식

당신이
우리에게 오시니 우리는 빛을 보았습니다.

아직
고독 속에 있을 때 따뜻한 손 내밀어 잡아주셨고
억압 속에 있을 때 자유 하게 하셨으며
고통 속에서 절규할 때 다가오시어 우리 고통과 죄를
가져가신 당신.

꽃보다 더 귀하고
바람보다 더 감미로운 당신의 말씀 한마디.

天國이 우리에게 왔다는 소식.
당신이 우리에게 오시면서
우리는 天國百姓이 되어 당신이 주인이신
그 나라에 비로소 살 수 있었습니다.

그곳은
눈먼 자, 앉은뱅이, 귀머거리, 문둥이, 남편 여럿인 자 모두
하나 되어
서로를 보며, 문드러진 손으로
넉넉한 사랑으로 배고픈 자에게 웃음을 주는 곳.

오라 외치지 않으셨지만
당신의 향기로 채워진 그 나라가 그리워
天國으로 향하는 길로 들어선 당신의 불쌍한, 그러나
이제는 행복한 백성들.

그 나라가 당신과 나와 우리 사이에 있다는
기쁜 소식.
그곳은
우리 사이에 있는 누구든지 갈 수 있는 하나님 나라.

긴 생각,
짧은 글

꽃과 열매

마음과 눈을 빼앗던 봄의 꽃들이 사라지고 나무의 푸르름이
짙어갑니다. 우리에게 봄을 전해 주었던 꽃들이 사라져
서운합니다. 개나리, 진달래, 목련, 벚꽃의 꽃잎이 바람이 불
때마다 떨어져 안타까운 것은 혼자만의 생각일까요?

그런데 곧 그 생각이 잘못되었다는 것을 알았습니다.
꽃이 떨어진 자리에 아주 작은 열매가 있었는데 그것들이 너무
작아 미처 보지 못했던 것입니다. 열매를 맺기 위해, 열매에게
자리를 내어주기 위해 꽃은 자신이 원래 존재하였던 곳으로 가야
했습니다.

꽃의 떨어짐은 새 존재를 위한 배려였습니다. 그래서 열매보다
꽃이 더 아름다워 보이는지도 모릅니다.

서랍을 비우며

낡아 이제 더 이상 쓸 수 없는 것과, 이제는 내게 필요도 없고, 있어도 내가 쓸 수도 없는데 단지 욕심 때문에 버리지 못하고 나누지 못한 것들 때문에 서랍 속은 항상 복잡하였습니다. 그리고 서랍에는 빈자리가 없었습니다.

그래서 새것이나 내가 꼭 필요한 것이 마련되었을 때에도 그것들은 쓸모없는 것이나 버려야 될 것들과 뒤죽박죽되기가 일쑤였습니다. 정말 귀하게 보관해야 될 것이나, 소중한 의미가 있어 늘 가까이 두고 간직하고 싶은 것과도 구별이 되지 않았을 뿐 아니라, 새것이 들어가야 될 자리가 없었습니다.

새로운 것으로 또는 내게 꼭 필요하고 소중한 것들이 마련되더라도 나는 그것을 보관할 마땅한 자리를 마련하지 못해 늘 불만이었습니다. 옛것, 필요 없는 것, 이런 것들을 버리지 않았기에 서랍은 비지 않았고 주변은 늘 어수선하였습니다. 버려야 될 것을 버리지 않았기 때문입니다.

문득 이런 생각이 났습니다. 우리의 삶도, 우리의 기억도 이런 것이 아닐까? 새로운 생각을 하며 살고 싶고, 늘 새로워지기를 원하면서도 옛것으로부터 얼굴을 돌리지 못하고, 마음을 돌리지 못해 새로워지지 못하는 우리들이 아닌지. 새것으로 삶을 채우고 싶고, 늘 새로워지기를 원한다면 옛것을 버려라….

K목사님께

+임마누엘

오늘은 기쁨이 없었습니다. 제가 예수 안에 있었는데도 하루 내내 기쁘지 않았습니다. 하루의 모든 일 속에서 기쁨을 얻으려고 노력했지만 기쁨은커녕 피곤함으로 짜증이 났습니다. 뭐 재미있고 신나는 것이 있나 싶어 여기저기 기웃거렸지만 남은 것은 돌덩이 같은 무거움과 불안이었습니다.

좋아하는 것을 가지고 싶은 욕망에 충실하였더니 남은 것은 부끄러움이었습니다. 오늘 제게 남은 것은 짜증과 해결되지 않을 무거움과 부끄러움뿐이었습니다.

그래도 저는 소망을 버리지 않을 것입니다. 내일은 오늘과 달라 기쁜 하루를 보낼 수 있을 것이라는 소망 말입니다.

효자는 애처가야

대부분의 아내들은 효자를 싫어합니다. 아니 특히 결혼 대상자로 효자는 별로 매력이 없습니다.

효자면 어머니 사랑이 지극하니 자신에게 올 사랑이 적어진다고 여겨서일까요? 아님 효자이기에 감당해야 될 여러 일들이 번거로워서일까? 알 수는 없습니다.

그런데 효자를 결혼선택에서 거부하지 말고 효자를 찾으십시오. 경험하고, 듣고, 보건대 효자치고 애처가 아닌 사람이 없답니다. 어머니를 사랑하는 사람은 아내도 사랑합니다. 사랑이 부족하고 메마른 사람이 어떻게 어머니를 사랑할 수 있겠습니까. 어머니를 사랑하는 자는 이미 그의 마음에 깊은 사랑이 있고, 사람을 사랑하는 것이 훈련되어 있기 때문에 어머니를 사랑하는 것이랍니다. 어머니를 사랑할 줄 아는 사람은 아내도 진심으로 사랑할 수 있기 때문입니다.

그래서 나는 효자가 애처가가 된다고 믿고 있습니다.

누구나 페인트

페인트칠을 혼자 하고 싶어하는 사람들은 누구나
'누구나 페인트'를 사고 싶어합니다. "누구든지 혼자 페인트칠
할 수 있다"라는 선전을 믿기 때문일 겁니다. 그런데 사실은
그렇지 않다는 것을, 누구나 페인트를 사서 페인트칠을
해본 사람이면 알게 됩니다. 누구나 할 수 있는 것이 아니라는
것을.

나도 할 수 있기에 너도 할 수 있다는 생각은 이기적이기도
하지만 일반화의 잘못을 범하는 생각이라, 자칫 이웃에게 상처를
줄 수 있습니다. 이것은 우리가 흔히 수없이 저지르는 일이기도
합니다.

'누구나 페인트' 선전을 보면 이웃에게 수없이 저지른 나의
잘못이 생각납니다.

어떻게 쓰십니까?

원래, 물질에는 선과 악이 없습니다. 쓰는 사람에 따라 선한 것이 되기도 하고 악한 것이 되기도 합니다. 다른 사람이 선하게 사용하였던 것도 내게 와서 악한 것으로 될 수 있으며, 내게 있을 때 선한 것으로 여겨져 저에게 주었더니 악한 것이 되어 저만 망치는 것이 아니라, 이웃도 괴롭혔습니다.

어찌 보면 물질만 그런 것이 아니라, 우리가 품은 생각도 그러한지도 모릅니다. 결국 누가 무엇을 가졌는가보다는 그것을 어떻게 사용하는가가 더 중요합니다.

당신은 무엇을 가졌습니까? 그것을 어떻게 쓰실 생각이십니까?

아름다운 모습

아직은 학생이라 어머니에게 용돈을 타 쓰는 한 여학생이
화분을 하나 선물로 가져왔습니다. 자그마하였으나
이파리가 큼직하여 보기가 좋았습니다. 그 학생의 마음을 보는
듯하여 기쁘게 받아 창문 곁에 두었습니다.

"선생님 5, 6일에 한번씩 물만 주면 된대요. 별로 까다롭지
않은 것이라 신경 많이 안 쓰셔도 되실 거예요"라는 말을
기억하며 물을 잊지 않고 주었습니다. 말없이 조용하게 그렇게
지내면서 항상 싱싱한 모습을 보였습니다.

그런데 언제부터인지 너덧 개나 되는 모든 이파리들이
창 쪽을 향해 있었습니다. 그쪽은 빛을 받을 수 있는
방향이었습니다. 가장 밝은 쪽이었습니다. 창문 곁에 있으면서도
그들은 빛을 향해 얼굴을 완전히 돌리고 있었습니다. 그들에게
아무도 말해 주지도 않았는데 말입니다.

빛을 향해 온몸을 돌린 그들의 모습. 그것은 마치 예수
그리스도를 사모하는 당신의 아름다운 모습 같았습니다.

잊어지지 않는 사람

우리는 살면서 수많은 사람들을 만나게 됩니다. 일 때문에 만나는 사람이 있는가 하면, 우연히 만나는 사람도 있습니다. 그런데 잠깐 만나고 헤어진 사람들 가운데 도무지 잊히지 않는 사람이 있습니다. 헌칠한 키에 근사한 사람이 아닌데도, 두고두고 가슴에 남아 있어 다시 만났으면 하는 생각을 갖게 하는 사람이 있습니다.

왜일까 생각해 보면 아주 사소하고 평범한 까닭이 있었습니다. 따뜻함을 느끼게 하는 말 한마디, 아무런 욕심이 들어 있지 않은 눈빛, 항상 웃고 있으리라 여겨지는 얼굴, 무슨 이야기를 해도 진지하게 끝까지 들어주는 진실한 태도….

당신도 우리 모두에게 기억되는 사람이 되었으면 합니다.

사는 게 뭐기에

삶과 죽음이 바로 눈앞에 있다는 월명대사의 노래를
기억하지 않아도 죽음이 우리에게 얼마나 가까이 있는지, 눈으로
보고 자주 듣는 말입니다.

한치 앞의 삶을 모르는 우리, 그래도 우리는 수십 년은 거뜬히
살 것이라 믿고 수많은 계획을 세웁니다. 그러나 우리는 매일매일
수많은 죽음을 간접으로 경험하며 삽니다. 살려고 몸부림치는
행위가 때로 죽음 가까이 다가가는 것이며, 실로 죽음의 길이
되어버리기도 합니다.

도대체 산다는 것이 무엇일까? 왜 새삼스레 이 물음이 떠나지
않는지. 아마 준비되지 않은 급작스러운 죽음에 대한 이야기를
이즈음에 많이 듣고 바로 눈앞에 죽음이 있음이 분명하기 때문일
것입니다.

삶의 그 끄트머리에서 얼마나 많은 사람들이 살려고 했던가.
죽음의 문턱에서 살아온 사람들에게 보내는 박수와 환호, 그
격려와 갈채. 문득 하루의 삶을 더듬어보고 싶어집니다.

세 끼 밥 먹고, 해가 지면 잠자리에 들고, 친한 친구들의
안부나 묻고, 반가운 사람 만나면 손 내밀어 악수하고, 때로
적당히 사랑하고, 미운 사람과 다투고, 빼앗을 것인가 뺏길
것인가 때문에 전전긍긍하고, 잘난 사람 보면 질투하고,
욕망을 채우기 위해 신념과 약속도 버리고, 더 많이 갖기 위해
법도 질서도 아니 인간이기까지를 무시해 버리는 행동, 네가
어떠하든지 나와는 상관없다는 생각으로 거리를 활보하는

우리들은 영웅 만들기를 즐겨하고 멀쩡한 사람의 인격에 흠집내고 그리고 그 밤에 그 하루를 모두 잊어버리고 깊은 단잠에 빠졌다가 다시 하루를 어제처럼 보내는 것, 이것이 산다는 것일까?

그렇다면 참 이상합니다. 어제처럼 오늘도 내일도 또 글피도 달라지지 않는다면, 무엇 때문에 그렇게 살고 싶어할까? 아무것도 달라지지 않는데, 그럼에도 우리 모두는 잘살고 오래 살기를 바라고 또 바랍니다. 도대체 사는 게 뭐기에.

그리운 고향

고향이 그리운 것은 그곳에 아직도 남아 있는 우리의 지난 시간 때문인지도 모릅니다.

어머니의 손때 묻은 장롱, 아버지의 담배냄새가 배어 있는 서랍, 서랍 한구석에 뚤뚤 말려 있는 초등학교 때의 졸업장, 일그러지고 빛바랜 사소한 것들. 모두 우리의 지난날과 연결되는 자질구레한 물건들. 다른 사람들에겐 보잘것없는 것들이지만 내겐 그렇지 않은 것입니다.

뿐 아니라 고향에 있는 학교 옆의 도랑 길, 더운 여름날 친구들과 팥빙수 먹던 빵집, 영화 〈폭풍의 언덕〉을 보고 나서 운 얼굴이 부끄러워 고개 숙이며 나오던 오래된 극장, 연필과 공책, 물감을 사던 문방구, 골목 한곳에 닥지닥지 붙어 있는 헌 책방, 엄마와 동생들과 다니던 목욕탕, 따끈따끈한 어묵을 파는 시장골목.

이 모든 것들 속에는 무엇과도 바꿀 수 없는 우리의 상실된 꿈, 보고 싶은 얼굴, 언제 들추어내어도 가슴 설레는 많은 것들이 숨어 있습니다. 그러기에 짧은 거리인데도 턱도 아닌 시간이 걸리는 고향으로 달려갑니다.

그러나 그곳은 우리의 과거와 익숙한 것이 있어 늘 그리운 곳이지만, 그곳은 우리가 돌아갈 마지막 고향은 아닐 것입니다. 그 돌아갈 고향을 아는 사람은 없습니다. 아무도 그곳을 다녀온 사람도 없습니다. 그러나 생각만 해도 또한 기쁜 이유는 무엇일까?

그곳에는 익숙한 것도 없고 무엇이 있는지도 모르고, 또한
우리의 지나간 것들이 있는 것도 아닙니다. 무엇 때문일까?
그래도 그곳에 가기를 기다리며 소망하는 것은 무슨 까닭일까?

봄에

천지에 봄이 왔습니다. 높은 산꼭대기에 우뚝 서 있는
나무에서부터 깊은 골짜기의 습지에 있는 이끼에까지. 계절은
이렇게 매년 새롭게 드러나며 충격을 줍니다. 물이 올라 하늘을
향해 꼿꼿하게 힘차게 뻗어 있는 봄의 나무. 그들의 변화를
눈으로 볼 수는 없지만, 눈만 뜨면 달라지는 나무의 모습들.

저들은 무슨 힘으로 저리 살까 궁금합니다. 이파리 하나
없던 가지에서 새싹을 틔우고 초록의 어느 부분도 비치지
않던 대지에서 푸릇푸릇 초록이 솟습니다. 겨울나무의 소생을
보며 우리는 소망을 가지고 여름의 신록을 기대해도 좋으리라.
그러기에 자연은 우리 곁에 그냥 존재하는 것이 아니라 수많은
것을 던져주고 있습니다.

모든 것이 소멸된 적막 속에서 생명을 느끼게 하고 쓸쓸한
겨울의 시간에서 우리를 불러내는 봄의 신비. 자연의 신비와
인간의 신비를 구별키는 어렵습니다. 그러나 자연의 신비함에
눈뜨는 인간도 신비한 존재입니다. 인간은 인간에게 봄을
가져다주기도 하기 때문입니다.

문득 아, 내 이웃의 가슴과 눈에서도 봄을 발견하고 싶습니다.
그분이 우리 모두에게 주신 그 봄의 찬란함을 우리가 만나는
모든 이웃에게서, 우리 이웃의 삶에도 봄이 가득 찬 것을 보고
싶습니다.

예기치 않게 내리는 눈발도 우리에게 오는 봄을 막지
못하듯이 어떠한 고통도 좌절도 슬픔도 죄도 그분의 손길과

오심을 막지 못하리라.

그분은 매일매일 우리의 영혼에 봄기운을, 생기를 불어넣기 때문입니다.

보리(1)

보리라는 말을 들으면 제일 먼저 떠오르는 생각이 있습니다.

중학교 때의 국어교과서에서 읽었던 수필의 내용이었던 것으로 기억됩니다. 누가 쓴 글인지는 기억이 없는데, 그 글이 주는 느낌이 매우 인상적이었기에 기억하고 있을 것입니다.

지금 기억되는 그 글의 내용은 추운 겨울을, 차고 언 땅 밑에서 견딘 보리싹이 봄이 되어 뾰족이 얼굴을 내미는 것을 묘사한 것이었습니다. 내게 이상적인 것은 그 글의 내용보다, 느낌이었습니다.

꽁꽁 언 땅 밑에서 그 추운 겨울을 견디고, 아직 해동이 되지 않은 땅에서 푸릇푸릇함으로 봄을 알리며, 질긴 생명의 모습을 보여주는 보리의 싹. 이제는 보기 드문 겨울과 봄의 보리밭 풍경이지만 내 마음에는 아직도 그대로 남아 있는 초봄의 보리밭 정경입니다.

영하의 추위 속에서도 생명을 지탱한 강한 의지, 춥고 추운 겨울의 시간을 견딜 수 있어야 새 생명을 피울 수 있는 보리의 생리, 그 보리싹이 가르쳐주는 교훈은 참으로 컸던 것입니다.

고통과 인내 없이는 얻을 수 없는 귀하고 귀한 것들. 살아 있는 것으로 존재하기 위해서 치르는 인내의 삶. 내게 살아 있는 것의 거룩함과 살아 있는 것이 주는 아름다움을 가르쳐준 존재였습니다.

보리(2)

아마 대학 3학년 때였을 것입니다. 감사를 나눌 일이 있어
꽃을 한 아름 사들고 어느 교수님께 인사를 갔습니다.

그분은 사학과의 교수님이셨는데 우리문화연구회라는
모임을 만들게 하셔서 방학중에도 다른 과 학생들에게
『삼국유사』를 가르치시었습니다. 학문에 있어서나 학생들에게
가지신 애정도 매우 깊어 많은 학생들의 존경을 받으셨습니다.
국문과에 다닌 내가 『삼국유사』를 대학 때 접할 수 있었던 것도
그 선생님과의 만남이 있었기 때문이었습니다. 많은 관심과
사랑을 받았으면서도 그것을 제대로 깨닫지 못하고 그 당시에는
지냈습니다.

어쨌든 그런 선생님께 감사를 드릴 수 있는 기회가 생겨
남대문 꽃시장에서 꽃을 사 인사를 갔던 것입니다. 그 선생님의
연구실 문을 열고 들어가 좋은 일이 생겨서 선생님께 인사
왔노라며 가지고 간 꽃다발을 드렸는데, 갑자기 표정이
굳어지셨던 것입니다. '내가 뭐 잘못했나…' 그러면서 머뭇거리고
있는데 평소와는 다른 엄격한 목소리로 걱정을 하셨습니다.

"보리는 먹기 위해 농부들이 땀 흘려 농사를 짓는데.
꽃다발에 보리라니. 보리는 아주 귀한 양식이니 익지도 않은
보리를 꽂아 놓기 위해 사왔단 말이냐…"며 걱정하셨던 것입니다.

꽃가게 주인이 만들어주는 대로 아무 생각 없이 그냥
받아들고 온 커다란 꽃다발. 여남은 송이의 장미를 받쳐주고 있는
성성한 초록빛의 보릿대.

아름답고 탐스런 꽃다발이면 된다는 생각만 했지, 보리의
가치나 존재에 대한 생각을 하지 않았습니다. 그때가 70년대
초였으니 아직 우리의 가난한 모습은 어디에서도 볼 수 있었고
끼니를 걱정하던 집이 많았을 때였으니.

얼마나 부끄러웠는지 모릅니다. 양식으로 땀 흘려 지은
곡식을, 잠시 동안의 장식품(?)으로 여기다니. 20년이 지난 지금도
그 꽃다발, 그 장면, 그 선생님의 말씀이 그대로 살아서 삶의
교훈이 되고 있습니다.

모르면 저지르게 되는 많은 잘못, 세상도 모르고 이웃도
모르고 자신만 보며 살았던 부끄러운 시절. 그렇게 사는 것이
전부인 줄 알고 미련하게 살 뻔한 내게 큰 깨우침을 주신 그
선생님은 지금도 모교에서 사랑으로 학생들을 가르치고 계시는
이만열 교수님입니다.

버리고 살기

나는 법정스님의 글을 자주 읽습니다. 그 스님이 무슨 일을 하시든 어떤 종교를 믿고 따르든지 개의치 않습니다. 글을 통해서 드러나는 생각이 좋고, 그 스님의 글을 읽으면서 깨닫게 되는 것도 있고, 문장도 유려해 기분 좋게 읽을 수 있는 글이어서 가까이 두고 보는 글이 되었습니다. 그 스님이 쓰신 글 중에 "버리고 떠나기"라는 제목의 글이 있습니다. 그 글과 제목을 보며 이런 생각을 했었습니다.

버리고 떠나기는 그래도 쉽지(?) 않을까? 떠나면서 버리지 못할 것이 무엇일까? 그 스님의 깊은 뜻을 몰라서인지, 아니면 정말 버리는 것이 무엇인지 몰라서 그런지도 모를 일입니다. 그러나 버리고 떠나든지, 떠나면서 버리는 것은 과히 어렵지 않을 것이란 생각이 듭니다. 아, 나는 아직 그 차원에 도달하지 못했지만, 생각은 그렇다는 것입니다.

참으로 어려운 것은 버리고 사는 것, 버리면서 사는 것이 아닐까? 버려도 될 만한 것들도 버리지 못해 지저분하고, 복잡해 보일 뿐 아니라, 딱해 보일 때도 있습니다. 버려도 될 것도 못 버리는 주제에 어떻게 버리며 살 수 있을까?

청빈이란 말만 아름다운 것이 아니라 그 삶도 아름답습니다. 버리면서 살 수 있다면 얼마나 좋을까? 떠나지 않으면서도 버리며 살 수 있다면 그분도 기뻐하시겠지요. 아니 작고 소중한 것을 나누면서 산다면 더없이 기뻐하실 것을 우리는 알면서도 버리지도 못하고 나누지도 못하면서 이렇게 삽니다.

클라라 행복해?

만화영화는 아이들에게만 재미있는 것이 아닌 듯싶습니다.
아이들이 보고 신나하는 것을 어른이 봐도 재미있고, 또
아이들이 눈물을 흘리며 보는 만화영화를 보면 역시 슬픕니다.

하이디가 주인공인 『알프스의 소녀』라는 동화를 만화로
만든 것은 언제 봐도 재미가 있습니다. 내가 그런 것을 좋아하는
줄 아는 아이는 만화가 방영되는 시간이 되면 엄마를 큰소리로
부릅니다. "엄마, 알프스의 소녀 시간이야. 그런데 오늘이 끝이래.
꼭 봐야 되지? 빨리 와." 그렇게 열심히 본 것이 또 있습니다.
〈빨강머리 앤〉이었습니다. 저녁준비를 하다가 말고 아이 옆에
앉아 열심히 TV를 보았습니다.

다리가 불편하여 걷지 못하는 클라라가 하이디가 있는 산에
와서 건강도 좋아지고 걷게 된다는 것이 대단원의 줄거리인지라
그런 내용이 전개되고 있었습니다. 그런 장면 중 한 장면이 불현
듯 가슴을 치고 지나갔습니다.

하이디와 피터의 격려와 사랑으로 일어서는 연습과 걷는
연습을 부지런히 하던 클라라가 처음으로 몇 발자국 걷고 난
뒤 할아버지에게 안겨 기쁨의 눈물을 흘리는 클라라를 보며,
꼬마 하이디가 클라라에게 묻습니다. "클라라, 행복해?"라며.
눈에는 눈물이 가득 고여 있었지만 기쁨으로 가득한 그들의
마음을 숨길 수 없는데 하이디는 기쁘냐고 묻지 않고 행복하냐고
물었습니다.

그 순간 두 아이들의 우정이 부러웠습니다. 아니 꼬마소녀

하이디가 클라라를 격려하며 걷게 한 것이 친구에게 행복을 주기 위함이었던가? 아니 그런 목적 생각하지 않고 친구를 도운 일이 친구를 행복하게 하였구나.

우정이라는 미명으로 친구를 소유하고 자신이 행복해(?)지기 위해 친구를 가지는(?) 우리의 모습을 생각하면 클라라가 부러웠습니다.

나의 친구들도 나로 인해 행복할까?

베토벤의 바이올린 협주곡 로망스2번 F메이저

　베토벤의 바이올린 협주곡 로망스 F메이저를 듣고 있으면 숨어 있던 모든 슬픔들이 다 얼굴을 내밉니다. 그새 슬픔은 어디에 숨어 있었는지 코끝도 보이지 않더니.

　얼굴 없는 슬픔이 얼굴을 내밀기 시작하면 두렵습니다. 그분 앞에 다 쏟아놓지 못한 슬픔이 있었던가?

　그래도 다행인 것은 음악이 끝날 즈음이면 슬픔도 눈물을 거둡니다. 그 곡의 마지막 부분, 높은 음으로 처리되는 바이올린 소리가 슬픔마저 끌어올려 더는 울지 않게 합니다.

비오는 날의 풍경(1)

비에 젖어 있는 나무는 아름답습니다. 나무는 어디 있든지
아름답습니다. 울창한 숲에 여럿이 모여 있어도 그렇고, 너른
들판에 홀로 있어도 외로워 보이지 않습니다.

봄엔 새싹을 틔워 생명의 신비를 가르치더니, 여름엔
성숙한 빛깔로 천지를 짙푸른 세계로 만듭니다. 그들의 가을은
쓸쓸하지만 초라하지 않고, 잎을 쏟아내지만 고통의 소리는
없습니다. 눈 내리는 날도, 기온이 내려가 사람이 견디기 어려운
한겨울밤에도 그들은 이파리 없는 가지만으로 말없이 지냅니다.

하늘로만 향할 줄 아는 그들의 의지, 가장 높은 데 달려 있는
나뭇잎이 가장 늦게까지 남아 있는 까닭은 뭘까?

나무의 의지처럼 우리도 그분만을 향해 있으면 안 될까?

비오는 날의 풍경(2)

모든 것은 비에 젖어 있어도 아름답습니다. 풀도 꽃도 나무도
흙도, 높게 쌓은 담장까지도 정겨워 보입니다. 그들이 달라진
것이 아닌데 비에 젖은 모든 것들이 보기 좋은 것은 내 마음이
달라졌기 때문이겠지요. 맑은 날의 마음과 비오는 날의 마음도
달라지는 것을 어떻게 믿을 수 있을까?

비를 맞으며 서 있는 자연은 아름다운데, 우산 밖에 있는
사람은 그렇지 않습니다. 왜 그럴까?

반지(1)

결혼을 한 후에도 내 손가락엔 반지가 없었습니다.
결혼기념으로 받은 게 있었지만 어찌하다 보니 빈 손가락으로
지냈습니다.

그 빈 손가락을 친정어머니는 유심히 보셨나 봅니다.
어느 핸가 친정엘 갔을 때 왜 손가락에 반지가 없냐고
하셨습니다. 반지를 끼면 불편하고 답답해서 싫다고 했더니,
서운해하셨습니다. 너야 있어도 안 끼고 다니지만 다른 사람
보기에는 그렇지 않으니 반지를 끼고 다니라 하셨습니다.

그후 나는 어머니를 위해 반지를 끼고 다녔습니다. 결혼 때
받은 반지는 번잡스럽게 만들어져서 어머니를 생각하며 반지를
장만하였던 것입니다. 아주 오랫동안 내 손가락에 끼여 있을
것입니다.

반지(2)

딸의 열여섯번째 생일날이었습니다. 생일마다 그랬듯이 미역국이 있는 아침밥상이었습니다. 딸아이에게는 항상 미안함과 안쓰러움이 있어, 생일만 되면 딸아이에게 더 미안했습니다.

아침밥상에 앉아 밥을 먹으려니, 엄마아빠께 드릴 선물이 있다고 합니다. 딸아이 생일에 딸이 엄마, 아빠에게 선물이라니, 의아해하며 바라보는 우리 앞에 딸아이는 선물꾸러미를 내놓았습니다. "예쁘게 키워주셔서 고맙습니다"라며. 놀람과 부끄러움과 당혹함과 자랑스러움과 감사가 한꺼번에 몰려왔습니다.

일하는 엄마, 공부하기를 더 좋아하는 엄마(우리 집 아이들이 하는 이야기입니다)여서, 사랑을 자신들에게 충분히 주지 못하는 엄마였습니다. 그래서 부끄러웠고, 어린아이로만 여겼던 아이의 생각이 어른스러운 데서 놀라웠고, 나의 어머니께 부끄러운 딸임을 깨닫게 하는 순간이어서 당혹스러웠고, 내가 충분히 돌보지 않았고 돌보지 못하였음에도 잘 자랐음에 자랑스러움과 감사의 마음이 일어났던 것입니다.

그분의 돌보심이며 그분을 사랑하는 아이의 사랑과 아이에게 향한 그분의 사랑으로 자랐음을 압니다.

그날 딸아이가 준 반지는 새끼손가락에 영원히 끼워져 있을 것입니다. 딸아이보다 나이가 곱절도 더 많은 나는 그 많은 생일을 보냈으면서도 어머니에게 키워주셔서 고맙다는 말씀 한번 드린 적도 없습니다.

먼 그대

어떤 것에 익숙해지고 친숙해진다는 것은 그 어떤 것에 관심이 있다는 것이며, 또 자신에게 친숙한 것이라는 의미가 되기도 합니다.

삶에서 이런 의미가 있는 것을 발견하게 된다는 것은 삶의 재미와 존재의 의미를 갖게 합니다.

생텍쥐페리는 『어린 왕자』라는 책에서 "소중하게 만드는 것은 그것을 위해 시간을 얼마나 보냈는가와 관계가 있고, 길들여진다는 것은 책임지는 것이다"라고 말하고 있습니다.

이렇게 물어봅시다. 우리는 지금 누구를 위해 무엇을 하며 시간을 보내고 있는지. 나는 어떤 것에 길들여지기를 진정으로 바라는지.

우리는 예수를 우리의 삶에서 가장 소중한 사람이라고 말할 수 있을까? 하루에 수천 번씩 깨달아도 실천하지 않아 가르침이, 당부가 무위로 끝나는 우리와 그분의 관계. 예수님과 우리는 더 이상 가까워질 수 없는 '먼 그대'일 뿐인가?

봄 편지(1)

안녕하세요, 예수님

이곳은 봄이 왔습니다. 끔찍한 일과 슬픈 일과, 놀랄 일이 끊임없이 일어나고 있는데도 천지(天地)에 봄이 왔습니다.

살아 있는 모든 것은 기지개를 펴고 저마다의 소리와 모습을 가지고 봄을 맞이하여 잘 지내고 있습니다. 매서운 바람과 눈발로 춥고 쓸쓸했던 때가 언제 있었나 싶게 봄은 아주 우리 가까이에 왔습니다.

나무들의 모습도, 들판의 모습도 모두 달라졌습니다. 가장 신기한 것은 나무와 꽃, 풀 등의 변화입니다. 그들은 매일매일 달라지면서 우리에게 무어라고 속삭이고 있습니다. 우리는 그들의 속삭임을 귀로도 듣지만 눈으로도 봅니다.

봄의 신비 앞에 탄성을 지르지 않을 수 없습니다. 꽁꽁 언 땅속에 생명이 있는 줄 우리는 보지 못했습니다만, 어김없이 이 봄에 생명을 주시어 여름의 신록과 가을의 풍성함을 기약하는 소망을 주셔서 얼마나 기쁜지 모릅니다.

아, 우리 영혼에도 이렇게 봄이 왔으면 좋겠습니다. 아무도 부정하지 못하고 거역하지 못하고 막지 못하는 봄이 천지(天地)에 왔듯이, 우리 영혼에도 그런 봄이 왔으면 좋겠습니다. 예수님 당신이 계신 곳의 봄도 이처럼 아름답고 신비스럽습니까?

봄 편지(2)

당신이 계시는 그곳도 진달래가 피었겠지요?

호준이가 결혼을 한답니다. 단정하고 검소하고 야무진 아이와
결혼합니다. 당신이 이곳을 떠난 지 3년이란 시간이 흘렀지만,
아직도 바로 어제 일어난 일만 같습니다.

특별히 준비할 것도 없는 혼인입니다. 그래도 사돈댁에서
예단을 보내와서 받았습니다. 혼인에 입을 한복을 맞추고
전철을 타고 집으로 가는 길에, 전철에서 문득 산을 보았더니
산에 봄이 와 있었습니다. 그래서 당신이 있는 양평 골짜기가
생각났습니다.

어머니와 함께 있어서 외롭지는 않겠지요. 사철 새가
날아오고, 꽃이 피고 바람과 구름과 비와 별과 달이 다니는 곳.
저희가 사는 이곳과 다를 것이 없는데 우리는 여기 이곳에 있고
당신은 그곳에 있습니다.

아들의 결혼소식이 당신에게 전해지면 퍽 기쁘시겠지요?
연신이를 결혼시킬 때와는 또 다른 심정입니다. 그때는 당신이
있어서 그랬을 겁니다.

아내가 될 때에도 엄마가 될 때에도 준비가 되어 있지
않았듯이, 내 자식이 아닌 남의 자식의 부모가 되는 데도
아무 준비가 되어 있지 않습니다. 장모가 될 때에도 그랬듯이
시어머니가 되는 것도 마찬가지랍니다. 당신의 죽음도 준비되지
않은 채 왔듯이 아들의 결혼도 그렇습니다.

죽은 자와 이별하는 것과 또 다른 이별을 준비합니다. 당신과

이별한 후 떨어지지 않는 발걸음으로 유학의 길을 떠난 딸 연신이의 마음을 어미인 나도 가늠을 할 수 없을 겁니다. 떠난 자나 남아 있는 자는 차마 추측할 수 없는 심정으로 딸아이는 먼 길을 갔을 겁니다.

다시 만날 수 없는 기약 없는 이별과 이런 헤어짐이 무엇이 다른지를 생각하며 당신이 없는 집으로 왔습니다.

죽음

아침에 눈을 뜨면 가끔 내가 마치 시체 같다는 생각을
합니다. 반듯이 혼자 누워서 눈을 뜨면 이 세상과 이별하기 위해,
살아 있는 가족과 마지막 인사를 하기 위해 단장하고 누워
계신 친정 엄마와 아버지, 시어머니와 시아버지 그리고 남편이
떠올랐습니다.

모두들 이렇게 반듯하게 누워 계셨지, 낯설지만 익숙한
얼굴. 내일이면 다시 볼 수 있을 것 같은 얼굴을 하고, 그러나
이생에서는 다시 만날 수 없는 사람들이 떠올랐던 것입니다.

그렇게 누워 있었던 그들과 나는 무엇이 다를까.

그 순간, 문득 죽어도 나쁠 것은 없다고 생각했습니다. 그것이
그분의 부르심이라면.

이 세상에 있는 곳은 내가 가고 싶은 곳이면 어디든지 갈 수
있지만, 이 세상과 이별을 해야 갈 수 있는 그곳은 부르시기 전에
절대 갈 수 없습니다. 가져가야 될 짐도 없이 가볍게 편안하게 갈
수 있는데….

한때 죽음이 퍽 매력 있게 생각되었던 적이 있었습니다.
그래서 가끔 죽으면 어떨까 생각하곤 했습니다.

20대엔 부모생각에 그 죽음을 실행하지 못하였고, 30대와
40대엔 자식 때문에 죽음이라는 말의 문턱도 가까이 가지
않았습니다.

그러나 언제부터인가, 오래전부터 혼자서 죽음에 대해 깊이
생각하였고 그리고 한 순간도 머리를 떠난 적이 없다고 해도 될

것입니다. 사는 것이 죽음과 맞닿아 있어서 그렇습니다.

어느 순간인들 아니겠는가? 이제는 부르실 그 순간을 기다리고 기다릴 뿐입니다. 언제쯤 부르실까?

만남

〈1박2일〉 프로가 주는 재미는 늘 새로운 소재로
이야기를 전개하기 때문입니다. 이 프로는 또 하나의 사건을
만들어냈습니다. 국민MC 강호동과 교수 씨름황제 이만기 교수의
만남입니다. 전혀 기대하지도 계획하지도 않았던 만남이었습니다.
그 만남을 보는 모든 시청자는 즐거웠을 것입니다. 그것은
강호동이나 이만기 교수라서가 아니라, 20년 만에 만난 그들
사이에 흐르는 반가움과 우정과 따뜻함 때문이라고 생각합니다.

그런 만남은 당사자에게만 설레고 즐거운 것만 아니라 그것을
보는 사람도 함께 즐거워지고 행복해지는 것입니다.

아마 릴케와 로댕의 만남도 그랬을 겁니다. 20대의 청년
릴케는 노련한 조각가 로댕을 만나기 위해 프랑스로 갑니다.
그 만남에서 릴케는 위대한 정신을 만나고 예술가가 지녀야
될 영감을 터득하는 것을 로댕을 통해 알게 됩니다. 릴케가
가진 정신적 위대함도 있었겠지만 로댕이 없었다면 릴케가
가능하였을까 생각하게 됩니다.

예수와 삭개오, 예수와 세례요한, 예수와 바울, 바울과 디모데
그리고 하나님과 모세, 하나님과 아브라함, 엘리아와 엘리사,
여호수아와 갈렙. 성경에 나오는 수많은 인물은 만남으로
존재하게 됩니다.

역사도 수많은 만남을 만들어냈고 그 만남으로 역사는
이루어졌습니다.

당신이 꿈꾸는 만남은 어떤 것인지요? 누구와 만나기를

기다리고 있는지요? 혹시 문 앞에서 기다리고 있는 사랑을 놓치지는 않는지….

인생에 겨울이 오기 전에 그분을 만나기를.

아버지와 어머니가 오래 살아야 하는 이유

부모의 존재는 부모가 결정하는 것이 아니라 자식들이 결정합니다. 자식은 자신의 운명을 부모가 결정한다고 하지만 부모도 마찬가지입니다. 자식이 생기면서 아내와 남편의 역할보다는 아버지와 어머니의 역할이 훨씬 먼저고 더 많아집니다. 또 남편과 아내는 부부라고 하지만 아이들이 생기면 가족이라고 합니다. 헤아릴 수 없을 만큼 많고 많은 아버지와 어머니의 일들. 어려서뿐 아니라 스무 살이 넘어도 서른이 지나 마흔, 쉰, 아니 이순(耳順)을 지나 자식이 지천명의 나이라도 부모의 역할이 있습니다.

부모는 죽어야 그 역할이 끝난다고 생각하지만 부모는 죽어도 부모입니다. 그러나 죽은 부모 되기보다는 자식이 원할 때까지, 아니 더 오래 건강하게 살 수만 있으면 살아야 됩니다.

자식에게 해줄 수 있는 일이 너무 많기 때문입니다. 딸이나 아들이 이사할 때 짐도 옮겨주어야 하고, 명절에 집에 왔을 때 잘 왔다고 맞아주어야 하고, 때론 기차역이나 혹은 고속버스터미널까지 아니면 공항까지 데려다주기도 해야 합니다. 아버지가 운전하는 차를 타고 가는 마음은 카카오 택시나 콜택시를 타고 가는 기분과는 전혀 다르기 때문입니다.

또 아들이나 딸이 첫 출근하는 모습도 봐주어야 하고, 첫 월급 탔다고 선물을 사올 때 그 선물도 받아야 합니다. 손자나 손녀에게 세뱃돈도 주어야 하고. 늦게 오는 아들이나 딸을 위해 기다려주기도 해야 합니다. 맛있는 음식을 먹고 난 후 그들과 다시 그곳에 가야 되고, 경치 좋은 곳에 같이 여행도 해야 합니다.

어디 그뿐이겠습니까. 아비나 어미가 해야 할 일은 이렇게 돈을 주는 일 외에도 너무너무 많습니다. 혼자 방문을 잠그고 몰래 울 때 문밖에서 숨죽여 우는 그 소리도 들어주어야 하고, 선생님께 꾸중을 듣고 왔을 때 화난 것을 들어주어야 하고, 시험을 잘못 보았을 때 칭얼거림도 들어주어야 합니다.

좋은 일이 있을 때도 어미와 아비가 있어야 하지만, 힘들고 어렵고 바쁠 때 외로울 때 용기가 필요할 때도 있어야 합니다. 철저하게 부서졌을 때 자신이 감당할 수 없는 절망 속에서 부서진 것을 다시 붙여 희망으로 솟아나야 할 때도 부모가 필요합니다. 아, 내가 언제든지 와도 되는 곳 그리고 아프고 힘든 일이 있어도 묻어둘 수 있는 곳, 그곳에 계시는 아버지와 어머니.

아들이나 딸의 나이에 관계없이 그들이 죽음을 이해하고 충분히 받아들일 때까지 부모는 살아 있어야 합니다. 하나님께 떼를 써서라도, 하나님께서 우리에게 맡기신 그 천사들이 죽음을 알고 받아들일 수 있을 때까지는 살아야 합니다.

아니면 남아 있는, 미숙하고 어리숭한 자식 그리고 부모의 따뜻한 위로가 필요한 그들의 부모가 되시겠다고 그분이 약속하신다면 또 모르겠습니다. 그렇다면 자식을 떠나는 부모도 든든한 구석이 있기에, 그들과 작별해도 슬프지 않을 것입니다. 그러면 우리는 언제든지 우리를 기쁘게 한, 잠 못 들게 한, 우리의 웃음의 근원이 되었던 자식들을 두고 편안히 그분에게 갈 수 있을 겁니다.

국수를 먹으며

저녁으로 멸치다시에 물국수를 해서 먹었습니다. 냉장고에서 호박을 내서 볶고 어묵과 양파를 함께 넣어서 볶았습니다. 오이를 반개만 채쳐서 무치고 김치를 송송 썰었습니다. 혼자 먹는 저녁이라 이리 번거롭게 해먹지 않았는데 날씨 탓인지 따뜻한 멸치다시의 물국수가 먹고 싶었습니다.

그래, 호박을 볶은 것은 친정엄마가 생각나서고, 어묵을 채쳐서 양파를 넣고 볶은 것은 어렸을 때 먹은 어묵볶음 때문이었고, 김치를 송송 썰어 듬뿍 넣은 것은 남편 생각 때문이었습니다.

친정어머니는 유독 호박나물을 좋아하셨습니다. 나는(다른 형제는 어떤지 모르지만) 나물 맛도 모르면서 그 호박나물을 자주 먹었지만 이제야 그 맛을 압니다. 어머니는 그 호박나물 볶음에 조갯살을 다져 넣으시기도 했습니다.

이제야 아는 음식의 맛들…. 부드럽고 달착지근한 맛. 엄마도 이 맛 때문에 좋아하셨을까? 한번도 물어보지 못한 것들이 너무 많습니다.

무심코 먹는 저녁인데, 혼자 먹는 그 한 끼의 저녁밥 속에는 나의 추억과 과거가 들어 있었습니다. 저녁을 먹는 것이 아니라 그 식탁에서 엄마를, 나의 어린 시절을, 남편을 만나고 있었던 것입니다. 이래서 사람이라 하는가?

결혼은? 네 하세요.

네, 그래 결혼은 하는 것이 좋습니다. 아니, 해야 한다고
생각합니다. 많은 사람들이 결혼은 해도 후회하고 안 해도
후회한다고 말합니다. 그렇습니다. 사실 나도 그랬으니까요. 내가
결혼하려고 했을 때즈음, 아버지도 굳이 결혼하지 않아도 된다고
하실 만큼 정말 깨어 있는 분이셨습니다.

그러나 나중에 깨달았습니다. 어떤 사람과 결혼해서 후회하는
것이 아니라, 결혼은 누구와 해도 후회하기 마련입니다.

우리는 어른이 되는 남자를, 남편을 생계를 책임지고
결정하고 해결하고 그리고 의논하고 여자를 도우고 하는
다능한 사람이라고 생각합니다. 남편은 아내에게 어머니이기를
누이이기를 애인이기를 바라고, 아내는 남편에게 아버지이기를
오빠이기를 낭만적인 애인이기를 바랍니다.

우리가 아는 남편과 아내는, 우리가 자란 가정에서 배우고
책에서, 전통 속에서 배운 것입니다. 그러나 가정에서 배운 또는
본 그것은 자녀 눈에 비친 남편과 아내입니다. 어머니나 아버지께
물어보십시오, 남편은 무엇이고 아내는 무엇인지? 그러나 아내와
남편은 나의 아내와 남편이지, 우리는 보편적일 수 없는데
보편적인 개념 속에서 남편과 아내를 찾으니 더 실망합니다.

그래도 하고 후회하는 것이 더 좋은 것이 결혼입니다.
이것은 하나님이 우리의 고독을 해결하기 위해 주신 선물이기
때문입니다. 내게 받을 선물이 무엇인지, 그 선물을 받지 않으면
얼마나 아쉽고 후회할까.

단골집

누구에게나 단골집이 있듯이 내게도 단골집이 몇 군데 있습니다. 미장원과 야채집과 과일집과 고깃집 그리고 옷집과 빵집, 서점 등입니다.

미장원은 30년이 넘었는데 그 미용사가 아직도 그 미장원에 그대로 있습니다. 단골이 된 것에는 이유가 있습니다. 40 초반에 흰머리가 나서 염색을 할까 머뭇거렸습니다.

그때 이미 그 미장원을 다닌 지가 4~5년 되어서 제 머리를 늘 해주던 미용사와 의논을 했습니다. 그랬더니 염색을 하지 말라고 했습니다. 우선 염색을 하기 시작하면 계속해야 되는데 처음은 일년에 2번 정도지만 시간이 지나면 그 빈도수가 점점 늘어나고, 그러다 보면 눈도 나빠지고 탈모도 되니 하지 말라는 것이었습니다.

저는 그때 내심 놀랐습니다. 결국 미장원도 영업인데, 돈을 버는 것이 목적이면 염색을 하는 것이 더 이익인데 그것보다는 손님의 입장에서 보았던 것입니다.

그때부터 저는 그 미용사분을 더욱더 신뢰하게 되었습니다. 우리는 오랜 친구처럼 별별 이야기를 다 하는 그런 사이로 지냅니다. 그 미용사는 이미 오래전에 부원장이 되었습니다.

인천에 있는 야채집은 연세가 드신 할머니와 딸이 하는 곳입니다. 그 할머니는 키가 작고 야무지게 생기셨고, 부지런하신 듯했습니다. 갈 때마다 물건이 싱싱했고 값도 좋아서, 늘 시장에 가면 그 집에서 파며 오이며 부추나 호박, 버섯을 삽니다.

오이지를 담그려고 오이를 샀으니, 이마 6월이나 7월이었을 겁니다. 그즈음 저는 깜빡깜빡 잊어버리는 건망증 증세가 좀 나타나고 있었습니다. 그날도 오이지를 담그려고 오이를 30개를 샀습니다. 아, 그런데 집에 와서 보니 오이가 없었습니다. 혹시 차에 두었나, 다시 찾아도 차에도 없었습니다.

문득 내 자신에게 화가 나고 한편 서글퍼졌습니다. 아, 이제 장본 것도 흘리고 다니는구나. 도대체 어디에 두고 왔는지 알 수가 없었습니다. 그날 간 곳은 야채집과 과일집인데. 과일집에서는 수박과 참외와 방울토마토만 사서 실었는데. 야채가게는 전화도 없어서 전화를 할 수도 없었습니다. 아깝고 속상하고 그래서 며칠 우울했습니다.

그리고 2주 후 장을 보러 가서 야채집 할머니께 오이를 샀는데 어디에서 흘렸는지 오이지를 못 담가서 다시 사러 왔다고 했더니, 빙그레 웃으시며 딸에게 오이 30개를 담아주라고 했습니다. 깜짝 놀라, 왜 그러시냐고 했더니 오이값만 주고 오이봉지를 그냥 두고 갔더라는 것입니다.

이런 고마울 데가 있습니까? 모른 척해도 그만이고 또 그 오이봉지가 내 것이 아닌지도 모르는데 어찌 다시 줄 수 있었는지, 그 마음이 너무 귀했습니다. 이것도 신뢰이지요. 저는 가끔 그 야채가게의 할머니께 빵도 사다드리고 음료수도 사다드립니다. 그렇다고 나는 그 마음을 흉내낼 수 없을 겁니다.

믿음이란 말로 얻는 것이 아니라 행동에서 나타난 것으로 얻는다는 것을 일상에서 배우고 있습니다.

돈으로 살 수 있는 것과 없는 것

돈으로 살 수 있는 것은 커다란 집, 푹신한 이불, 넓은 땅,
맛있는 음식, 좋은 식당에서의 식사, 예쁜 그릇, 근사한 식탁,
아름다운 옷, 반짝거리는 귀걸이, 립스틱, 비행기, 컴퓨터,
빨강구두, 파라솔, 잘 달리는 차, 휴대폰, 삐삐, 김건모 노래집,
오페라 티켓, 책장, 정보가 많은 책, 새로운 개념이 있는 책,
법정스님의 수필집, 오세영과 마종기의 시집, 성경, 고흐의 그림,
아스피린과 종합비타민, 털목도리, 예쁜 지갑, 덧신, 연필, 지우개,
고속버스표, 비행기표, 마이크, 꽃, 나무, 삶은 달걀, 여행가방,
토큰, 클라리넷, 물, 시계, 어울리지 않는 머플러, 십자가.

돈으로 살 수 없는 것은 시간, 나무의 생명, 지식, 성실한
자세, 구름, 하늘, 별, 달, 바람, 저녁, 해질녘의 어스름, 그늘, 노을,
따뜻한 손, 깊은 잠, 어머니, 편안한 죽음, 추억, 만남, 헤어짐,
식욕, 온유, 겸손, 기쁨, 평화, 절제, 선함, 자비, 인내, 나누는 마음,
혀, 성찬식의 포도주, 회개, 웃음소리, 기도, 친구의 전화, 편지,
목소리, 겨울바다, 첫눈, 꿈, 소망, 바다에 떨어지는 비, 정직, 신뢰,
함성소리, 마음, 이해하는 마음, 이웃, 편안한 죽음, 예수님의 사랑,
그리스도의 피, 하나님의 사랑, 에덴동산.

'이해'라는 단어는 없었다

어느 날 문득 생각이 났습니다. 성경에 '이해'라는 말이
없다는 것을.

사랑하라, 용서하라 하셨지만 '이해하라'는 말은 없었습니다.
왜일까? 우리의 삶 속에서는 무수히 주고받고 사용하는 말인데,
국어사전에도 버젓이 있는데. 타인과 이웃 그리고 관념과 지식과
사물과 사건에도 수없이 많이 씁니다.

이 말 무슨 의미인지 이해되지? 너, 나 이해하지? 바쁘고 돈도
없어서 그러니 이해하렴… 하고 사용하는데, 성경에 이해라는
말이 없습니다. 용서하고 사랑하라는 말은 수도 없이 나오는데
이해하라는 말은 없습니다.

제가 성경을 대충 읽었는지… 묻습니다. 왜 없는지?

사람이 취한 것

사람이 취한 것은 사람이 돌봐야 합니다.

그러나 창조된 그 자리에 있는 것은 하나님이 돌보십니다.

바다에 있는 고래는 스스로 보호하고 먹이를 찾아서 생존하지만 수족관의 고래나 아쿠아리움의 고래는 사람이 돌봐야 합니다. 자연으로부터 데려와서 그렇습니다. 그리고 그들도 자유롭지 못합니다.

마치 들의 꽃이나 야산의 나무는, 비와 달과 별과 구름과 소나기와 천둥과 이슬과 저녁놀과 새벽은 그들끼리 친구가 되지만, 내 뜰의 나무는 그렇지 못한 것처럼.

"저절로 생긴 것은 그냥 원래 있던 그 자리에 두어라. 그것이 네가, 우리가 할 일이다."

누워서 할 수 있는 일

누워서 할 수 있는 일은 거의 없습니다.

음악 듣기, 전화하기, TV 보기 그리고 과거 일 생각하기, 망상하기, 후회하기, 반성하기, 어둠 보기, 하늘 보기, 그믐달 보기, 빗소리 듣기, 비행기 소리 듣기, 사이렌 소리 듣기, 어쩌다 들리는 자동차 소리. 근처 초등학교 스피커의 동요.

그러나 꽃이 피고 지는 소리는 듣지 못합니다. 달과 해가 헤어지며 나누는 소리도 듣지 못합니다.

바람의 소리는 듣는데 바람과 땅과 하는 이야기와 바람과 하늘과 하는 이야기는 못 듣습니다.

보는 것보다 듣는 것을 더 많이 하며 보냈습니다.

어느 해 가을과 겨울과 그 이듬해 봄을 나는 그렇게 보냈습니다.

여행의 끝에서

오랫동안의 여행이었습니다. 여행이 좋은 것은 집으로 돌아간다는 것입니다. 그러나 인생의 여행길은 그렇지 않습니다. 인생의 마지막 역, 죽음이 여행의 끝이지요.

우리가 굽은 길 넓은 길 좁은 길 화려한 길 밝은 길 어두운 길로 다녔다 해도, 누구나 다 마지막에는 같은 역에서 내립니다. 그리고 우리는 하나님 앞에서 설 것입니다. 교만의 길을 걸었든, 겸손의 길을 걸었든, 거짓의 길을 걸었든, 바르게 걸었든, 천천히 걸었든, 부지런히 걸었든, 게으르게 걸었든, 혼자 걸었든, 같이 걸었든.

거짓의 길이었든, 게으름의 길에서 머뭇거리다 왔든 급하게 왔든, 편안하고 좋은 길로 왔든, 고통과 절제와 인내의 길을 왔든, 마지막엔 그분 앞에 서게 될 것입니다.

오는 길에 때로는 두리번거리며 길을 잃기도 하였을 것이고 혹은 유혹을 떨쳐버리지 못해 떠나야 될 시간을 놓쳐 늦게 출발해 오는 내내 후회할 수도 있을 것입니다. 아니 더 심한 경우도 있었는지 모릅니다. 죄와 쾌락에 빠져 낮과 밤과 씨를 뿌려야 될 봄과 추수해야 될 절기까지 놓쳤다가 보니 종착역이어서 후회할 수도 있을 겁니다.

한편 더 이상 가야 될 역이 없어서 안타깝지만 편안할 수도 있습니다. 때론 혼자지만 운이 좋으면 여럿이 함께 내릴 수도 있습니다.

그러나 이번 여행은 인생의 마지막 여행은 아닙니다. 위로받고 위로하고 돌아가는 기쁘고 즐기운 여행이었습니다. 기다리는 사람이 없는 집이지만, 그래도 집으로 가서 좋습니다. 누가 무엇이 있어서가 아니라 그냥 내 집이어서 좋습니다.

집으로 가는 자의 편안함이 여행을 떠나는 설렘보다 좋습니다. 마지막 종착역에서 이런 편안함이면 좋겠습니다.

삼천포의 김선생

정년을 앞둔 자들을 위한 여행이라 아니 갈 수도 있었지만,
또 제주도를 다녀온 지도 한 2년 되어 제주도도 궁금하였습니다.
반짝이는 바다와 깊은 숲과 어디서든지 맡을 수 있는 귤향기 등.
아, 그리고 또 맛있는 고등어조림과 갈치조림, 성게미역국, 그런
것들도 함께 떠올라 3박4일의 여행을 갔습니다.

낯선 사람들만 있었고 도무지 누구와 이야기를 나눌 수 있는
여건은 아니었습니다. 단지 우연히 식사시간에 같은 테이블에
앉게 되면 이야기를 나눌 수 있었습니다.

두번째 날이었습니다. 우연히 저녁자리에서 함께 앉게 된 분이
계셨는데, 사모님과 함께 삼천포에서 오신 김선생이었습니다.
그분과 갑자기 많은 이야기를 할 수 있었던 것은 전공이 같은
국어국문학이라는 것과 함께 오신 사모님이 다정하고 솔직한
태도도 있어서였습니다.

삼천포의 김선생님은 삼천포에 있는 사립학교 재단에서
운영하는 학교에 근무하시는데 그 재단에 남자고등학교와
여자고등학교가 있어서 양쪽을 오가시며 근무하셔서 양쪽
다 제자들이 있다고 하셨습니다. 그리고 처음부터 그곳에서
근무하셔서 지금은 그 제자의 자녀들까지 가르치고 계신다고
했습니다. 정말 삼천포의 토박이가 되신 셈입니다. 음식점이고
카페고 맥줏집, 통닭집이라도 어쩌다 들르면 반드시 제자를
만나게 될 만큼 제자들이 없는 데가 없다고 하셨습니다.

대학 졸업하고 근무하신 것 생각하면 30여 년쯤 되지 않았나,

추측이 되었습니다. 그런데 정년을 3여 년쯤 앞두고 명예퇴직을 신청해서 여기에 오시게 되었다는 것이었습니다. 이런저런 이야기를 하다가 2월 학교 학사일정이 끝나면 학교를 떠나시는데 제일 먼저 무엇을 하실 거냐고 그냥 물었습니다. 대화를 하기 위한 물음, 정년을 앞둔 이에게 누구든지 묻는 그런 진부한 질문이었던 것인데.

"우리집 양반은요, 3월 개학하기 전에 한 한 달 동안 삼천포를 떠나 동해안 쪽으로 여행을 하실 거랍니다…"라고 사모님이 그러셨습니다.

내가 왜 그런 생각을 하시느냐고 물었습니다. 3월이 되면 개학을 하는데 교복을 입고 학교로 가는 아이들을 보는 것이 고통스러워 3월 한 달만이라도 그 모습을 보고 싶지 않아서 당분간 집을 떠날 것이라는 이야기였습니다. 그 말을 듣는 순간 나도 모르게 눈물이 핑 돌았습니다.

자신의 젊음 속에 함께 있었던 학생들, 아이들, 그들과 함께한 수많은 봄과 여름과 가을과 겨울. 봄 새 학기면 만나는 새로운 얼굴. 그리고 또 성장한 얼굴, 익숙할 때 헤어지는 아쉬움. 아침에 눈을 뜨는 그 순간부터 잠자리에 들 때까지 생각 속에서 떨쳐버릴 수 없는, 내가 가르치고 또 가르치는 아이들. 내가 낳은 자식은 아니지만 내가 가진 모든 지식을 주기 위해 온갖 방법을 모색하고 또 찾으면서 지내온 날들. 그래, 아니 알고 있는 것뿐 아니라 모르는 것까지 찾고 연구해서 가르쳤던 학생들.

그 마음이 어떤 것인지 금방 와 닿아서 "그래요, 선생님. 그 마음 알 것 같습니다. 그런데 아이들은 이런 우리의 마음을 알까요?" 했더니 아니, 그것은 관계없다고 하셨습니다.

　그곳에 근무하시면서 차 없이 늘 자전거를 타고 다니셨다고
합니다. 자전거를 타고 출퇴근을 하면서, 아마 김선생님은 더
많은 것을 보고 들었을 것입니다.

　등굣길의 교복 입은 아이들 조잘거림. 소망과 기쁨과
웃음으로 활기차게 등교하는 모습. 갖가지의 표정과 걸음걸이로
삼삼오오 무리지어 하교하던 모습. 계절이 달라지는 것처럼
매일매일 달라지는 아이들의 표정. 철마다 교복도 달라져 그들을
통해 계절을 느꼈던 순간과 풍경. 그것을 차마 다시 볼 수가
없어서 잠시 삼천포를 떠나 계시겠다는 김선생님. 그 풍경을 볼
수는 있지만 이제 그들과 시간을 함께할 수 없다는 것. 교실의
함성도, 종례시간의 지루함도, 시끄러운 청소시간에도 다시
들어갈 수 없기 때문입니다.

　아주 오랫동안 같이한 그 모든 것을 두고 어느 날 돌아서야
되는 그 김선생님이 애틋하고 말할 수 없는 안타까운 심정이
이해가 되어서, 그날 잠시 동안의 대화가 아주 오래 내 기억에
남아 있지 싶습니다.

잊지 못할 선생님

　우리의 인생에서 만나는 선생님은 참으로 많다고 할 수 있을 것입니다. 유치원부터 시작해서 중고등학교 때 다니던 학원 선생님까지 생각하면 그 수가 얼마나 될까? 그러나 우리의 기억 속에 늘 남아 있어 오래도록 우리의 삶에 영향을 끼치는 선생님은 그리 많지 않습니다. 길을 가다가도 문득문득 생각나는 선생님은 우리에게 어쩌다 상처를 주었거나 아니면 오래 남을 가르침으로 늘 그 가르침을 되새기며 살게 하시는 분들입니다.

　가끔 봄이면 본관 앞의 목련이 아름다운 대학시절의 교정을 떠올리게 하지만, 낡아 삐거덕거리던 목조의 5층 건물이 없어진 지 오래고, 교문까지 우람하게 바뀌어 내가 다니던 그때의 흔적을 찾아보기는 어렵습니다. 그뿐 아니라 우리에게 가르침을 주시던 선생님들이 교단을 떠나셨기에 선뜻 대학시절의 그 옛 모습을 찾기는 어렵습니다. 그래도 모교를 그리워하고 그 교정에 발걸음 하는 것을 즐거워하는 것은 우리에게 바르고 제대로 살라고 가르치신 가르침 때문이 아닌가 합니다. 이능우 선생님, 이을환 선생님, 김용숙 선생님 그리고 김남조 선생님, 채훈 선생님을 떠올려봅니다. 이미 이 세상을 떠나신 분도 있지만 우리 가슴에는 늘 강의실에서 가르침을 주시던 그 모습으로 남아 있습니다.

　지금은 우리 곁을 떠나신 김용숙 교수님의 가르치심으로 나는 아직도 바지나 빨간 옷을 입고 교단에 서지 않습니다. 교단에 설 때에는 단정하고 정성스럽게 차려 입은 복장이 좋다는 것을 선생님의 모습에서 알게 되었습니다. 퍽 까다로우셔서 그 선생님 강의시간이 되면 늘 긴장하였던 친구들도 있었지만, 그 깔끔하심이 늘 단정한 모습으로 강의실에 들어서셨던 것입니다.

아마 '판소리문학 강독'이라는 강의를 하셨는데 춘향전을 배우면서였다고 기억됩니다. 춘향이와 이도령이 만나 첫날밤을 지내는 그 장면을 배울 차례였는데 그 내용이 외설스러워 차마 강의실에서 가르칠 수 없다고 훌쩍 뛰어넘으셨던 것도 기억에 남아, 내가 교단에서 무슨 이야기를 하면 안 되는가를 그때 어렴풋이 알게 되었던 것입니다. 그리고 연초에는 예전에 연세대 앞에 사시던 그 집엘 가면 정성스럽게 떡국상을 내다주셨던 것도 잊지 않고 있습니다.

그리고 요사이도 사극(史劇)을 보면 고증이 된 것인가 잘못된 것인가를 생각하며 잘못된 것은 어디가 어떻게 잘못되었는지 집 식구들에게도 이야기하고 또 학생들에게 말해 주기도 합니다. 이런 눈도 다 선생님을 통해 배운 것입니다. 그런데 나는 선생님이 편찮으실 때 한번도 가서 뵙지 못했습니다. 내가 사는 곳에서 전철 타면 열 정거장도 안 되는 곳에 선생님께서 쓸쓸하게 지내셨는데도 마음만 다짐하고 주소와 전화번호만 받아 적어놓았을 뿐, 행동으로 하지 못했습니다. 그래서 우리 곁을 떠나신 지금도 죄송합니다.

대학 교양국어 첫 시간에 말로만 듣던 그 유명한 시인 김남조 선생님을 처음 뵈었습니다. 그때가 선생님께서 40이 좀 넘었던 것으로 기억됩니다. 중년의 여인이기보다는 시인처럼 보여 그 첫 시간에 뵈었던 모습이 아직 어제 일처럼 기억에 생생합니다. 그때

나는 그런 생각을 했습니다. '아, 나도 저렇게 나이 먹어야지.'

늘 조용하게 움직이셨고 말씀이 별로 없으셔서 어려워하는 학생들도 많았지만 그 누구보다 사랑이 많으셨던 선생님으로 기억됩니다. 그것은 따르는 우리를 댁으로 오게 해서 자주 밥을 대접해 주셨기 때문만은 아닙니다. 지금도 생각하면 가슴이 따뜻해지는 이야기 중의 하나로 아주 오래전 이야기입니다.

대학원을 마치고 인하대학에서 조교의 일도 끝났고 또 석사도 마쳐 모교에서 강의를 할 수 있을까 해서 선생님을 뵈려고 전화를 드렸습니다. 그때가 12월이어서 저녁 6시만 되어도 깜깜했습니다. 사정을 말씀드렸더니 외출하셨다가 8시에 돌아오니, 기다렸다가 집에 와서 꼭 만나고 가라고 몇 번을 당부를 하셔서 시간에 맞춰 댁에 갔었습니다(그것은 나이기 때문이 아니라 내가 제자였기에 그리하셨던 것을 나중에 여러 선배와 후배의 이야기를 듣고 알았습니다. 제자사랑을 그렇게 하셨습니다).

늦은 시간이었지만 그때까지 나는 저녁을 먹지 못했었습니다(지금도 그렇지만, 혼자 음식점에 가서 밥을 못 먹습니다). 마침 댁에는 선생님의 아드님 친구들도 와 있었습니다. 저녁을 못 먹었다는 것을 아시고 요기를 하게 하시려고 이것저것 있는 것을 다 가지고 오게 하셔서 늦은 저녁식탁이었지만 금방 풍성해졌습니다. 그래도 식탁이 금세 비자, 나중에는 식빵까지 모두 가져오게 하셔서 즉석 샌드위치를 만들어주셨습니다.

그날의 따뜻한 저녁식탁이 아직도 내게 살아 있습니다. 아쉬운 부탁드리러 간 제자에게 그렇게 하기는 쉽지 않다는 것을 세상을 살면서 알게 되었기에 선생님의 심정을 오래오래 기억하게 됩니다.

또 하나는, 언젠가 선생님의 연구실에 갔더니 연구실 탁자 위에 우유가 수북하게 있었습니다. 스무 개가 훨씬 넘어 보였습니다. 웬 우유냐고 여쭈었더니 학생들하고 면담이 있는데 학생들과 함께 이야기하며 드실 거라 하셨습니다. 그때 나는 내심 놀랐습니다. 그때만 해도 학부생들이 연구실에서 교수님과 면담하면서 간식을 나눈다는 것은 생각하기 어려운 시기였기 때문입니다.

학교에 근무하면서 때로는 지치고 힘들고 또 학생들이 귀찮을 때가 있어 건성으로 학생들을 대하다가도 선생님이 내게 하셨던 것과 학생들에게 하셨던 것을 생각하면서 나의 마음을 다시 다잡아 세웁니다. 선생님이 그리하셨던 것처럼 그 따뜻함이 전해지도록 나도 학생들과 면담을 할 때 관심을 적극적으로 표하려고 노력합니다. 그러나 아직도 효창동에, 우리가 학생시절 자주 가서 뵈었던 그 집에 선생님께서 계신데도 늘 그 근처를 그냥 지나칩니다. 집으로 돌아오면 늘 후회를 하면서도 발걸음을 그리 돌리지 못하는 것은 내 정성이 부족해서이리라.

교단에 있으면서 학생들과의 관계에서 어렵고 또 곤란할 때는 내가 대학에 다니던 그때, 선생님들께서 우리에게 어떻게 하셨는지 곰곰이 생각하면서 해답을 찾습니다.

또 있습니다. 선생님은 우리가 거짓말하는 것을 아시면서도 휴강을 해주셨습니다. 요사이 같으면 어림없고 다른 선생님도 마찬가지였을 겁니다. 그래서 우리는 비가 오면 꼭 고궁을 다녀오겠다며 선생님 시간을 빼먹었습니다. 선생님은 우리가 고궁에 가지 않을 것을 아시면서도 우리가 그러고 싶다고 하면 그리하라고 하셨습니다. 그리하면 안 된다고 큰 소리로 꾸짖으신 적이 없지만 선생님은 참 큰 가르침을 주셨던 분이었습니다.

어찌 이분들뿐이랴. 우리 모두가 여성임에도 불구하고 군(君)이라 부르셨던 이능우 선생님. 인자한 것이 어떤 것인지를 알게 하신 분이었습니다.

항상 필기를 달필로 차근차근 칠판 가득하시며 꼼꼼하게 가르침을 주셨던 채훈 선생님. 학자의 덕목을 직접 볼 수 있게 하신 분이었습니다. 선생님댁 마루에 천장 끝까지 닿았던 그 책들은 지금도 선생님 곁을 지키고 있는지 궁금합니다. 또 세배 갈 때마다 사모님이 정성스럽게 부쳐주셨던 '배차전'(배추전이라 하면 아니 된다고 하셨습니다. 경상도에서는 배추를 배차라 하는데 선생님의 고향이 경상도입니다)이 아직 그 맛일까?

3시간 연속강의도 담배 태우시는 그 시간만 빼고는 결코 쉬신 적이 없지만, 우리를 숨죽이게 하셨던 김윤식 선생님. 선생님은 유난히 숙대를 좋아하셨던 것으로 기억됩니다. 그래서 우리는 특혜를 받아 6학긴가 5학기를 계속해서 강의를 들었습니다. 선생님 강의 스타일이 너무 좋아 '내가 만약 대학에서 강의할 기회가 온다면 저렇게 해야지'라고 혼자 다짐하곤 했는데 그 꿈이 실현되어서 나는 선생님의 흉내를 내고 있는데 백분의 일이나 될까 의심스럽습니다.

내가 6년이나 조교를 하며 모셨던, 우리나라를 대표하는 국어학자 남광우 선생님에게서는 부지런히 연구하는 자세를 배웠습니다. 선생님은 틈만 나면, 아니 회의나 사무적인

일을 하시는 시간 외는 늘 논문을 쓰셨습니다. 그냥 계신
적이 없었습니다. 늘 만년필이 손에서 떠난 적이 없었습니다.
우리나라에서 유일무이한 고어사전을 만드신 것을 봐도 알 수
있습니다.

늘 뒷짐을 지시고 논어를 가르치시던 우리나라의
대(大)한문학자이셨던 임창순 선생님, 민속 문학과 설화에 눈뜨게
해주셨던 장덕순 선생님과 정병욱 선생님, 느린 충청도 사투리로
문학의 이식사(移植史)를 재미있게 가르쳐 비교문학에 마음을
빼앗기게 하신 김학동 선생님.

보리를 볼 때마다 생각나는 사학과의 이만열 선생님은
내게 또 다른 가르침을 주셨던 분입니다. 사학과 학생들
몇몇과 국문과생인 나를 데려다 『삼국유사』(三國遺事)와
『십팔사략』(十八史略)을 읽게 하셨는데, 그게 너무 감사해 꽃을 한
다발 가져다드렸습니다. 그런데 그 꽃다발에 보리가 소재로 꽃과
함께 묶여 있었습니다. 나는 별 생각 없이 꽃집주인이 주는 대로
가져갔는데 선생님께서 먹는 식량을 꽃을 꽂는 데 쓴다며 얼마나
걱정하셨는지, 그후로 나는 무엇을 어디에 사용해야 하고 어디에
사용하면 안 되는지에 대해 신중하게 생각하게 되었습니다.
물론 국어선생인 내가 요사이도 수업시간에 학생들에게 역사와
역사의 중요성을 강조하는 것도 선생님의 가르침과 무관하지
않을 것입니다.

이분들의 가르침이 거름이 되어 내가 학생들에게 그나마 우리
말과 글을 가르치고 시와 소설과 인생과 사랑에 대해, 역사에
대해 이야기할 수 있을 것입니다. 대학을 다니면서 책에 있는

지식보다 사람을 더 많이 배운 것을 나중에야 알게 되었습니다.

무엇을 어떻게 해야 하며, '무엇'보다는 '어떻게'가 왜
중요한지를 서툴게나마 가르치는 것과 내가 지금 강단에 서
있을 수 있는 것은 선생님들께서 강의실에서 가르치신 직접적인
가르침과 삶을 통해서 보여주신 말 없는 가르침이 있었기
때문입니다.

내가 이제야, 나를 가르치셨던 선생님들을 자주 생각하고
되뇌어 기억하는 것은 선생님들의 가르침이 얼마나 큰
것이었나를 깊이 깨달았기 때문입니다. 나도 우리를 가르치셨던
그 선생님들처럼 학생들에게 오래 기억될 수 있을까, 하고 감히
스스로에게 묻습니다.

하나님의 마음을 아프게 하였던 고난

고난은 우리만 괴롭히는 것인 줄 알았습니다. 고난받을 때 하나님이 우리와 함께하시는 줄 알았지만, 하나님의 마음이 아프시리라는 것은 미처 생각하지 못했던 것입니다. 그런데 우리가 고난받을 때 하나님의 마음이 아프시다니, 그러면 좋습니다. 고난이여 오라!

우리가 받는 고난이 하나님의 마음을 아프게 한다면 그것으로 우리의 존재가 더 분명해지기 때문일 것입니다.

그분은 우리 가슴에 사랑을 강같이 흐르게 하셨건만 우리의 가슴은 사막 같고 삶은 메말라 있습니다. 사랑만으로 이 세상을 살 수 없다고 몸부림치며 부르짖을 때에도 사랑 말고는 주실 것이 없어 우리와 같이 눈물 흘리셨음을 우리는 압니다. 사랑이 없는 그곳에서 자라나는 고난인 줄 모르고 우리는 몸서리치며 고난도, 사랑도 던져버리려고 합니다. 우리의 황량한 가슴에 그분의 사랑 말고 채울 것이 없는데 말입니다.

사랑 없는 우리가 고난받을 때 긍휼히 여기시는 하나님의 마음이 함께하시기에, 그래서 언제라도 좋습니다. 고난이여 오너라!

내니이까

 예수께서 돌아가시기 전날 제자들의 발을 씻기신 후 떡을 나누시며 너희들 중 나를 팔 자가 있느니라 하시니, 제자들이 서로 "내니이까"며 예수님께 묻습니다. 예수님을 은 삼십 냥에 판 사람은 유다였습니다만, 다른 제자들은 '내'가 아닌지 두렵고 무서웠을 겁니다.

 제자들의 행위를 생각하면 어쩌면 그럴 수가 있는가? 예수님이 한없이 불쌍하고, 제자들은 비난받아 마땅한 배신자이지만 때론, 아니 아주 자주 나도 그 제자들과 다름없는 별수 없는 사람인 것을 알게 되었습니다. 하루에 수만 번 변하는 마음이라 나도, 예수를 하루의 생활에서 외면하지 않겠다는 그 결심을 지킬 수 없었기 때문입니다.

 우월해지고 싶어서, 사람들의 칭찬에 우쭐해하고 잘난 자존심을 지키려고, 서푼어치도 안 되는 체면 때문에, 욕망 때문에, 몇 푼의 돈 때문에… 우리는 너무 쉽게, 그분을 멀찍이 밀쳐놓습니다. 때론 갈등을 해결하려고, 옳지 않은 줄 알면서도 용기가 없어서, 비난받을까 두려워서, 하루에도 수십 번 아니 수천 번 그렇게 버림받으시건만, 그분은 우리를 한번도 버리신 적이 없다는 것을 우리는 너무 잘 알고 있습니다.

 우리가 외면하고 버린 예수님은 지금, 이 순간에도 바로 우리 곁에 계십니다. 내가 당신이 버렸음에도 불구하고.

깨끗게 하는 것들

사람은 사람을 깨끗하게 하지 못합니다. 돈, 명예, 권력,
지위 등 소위 세상 것들로도 불가능합니다. 사랑으로도 할 수
없습니다. 사랑은 불가능을 가능케 하고, 우리를 기쁘게 하고
황홀케 하고 찬란케 할 뿐 아니라 오래 참게 하고 내게 있는 것을
나누게 하지만, 우리를 깨끗하게 하지는 못합니다.

더러워진 손과 발은 깨끗한 물로 씻어 깨끗하게 합니다.
상처받아 상한 심령은 사랑으로 위로받습니다. 그러나 욕심으로
더러워진 우리의 마음은 무엇으로 깨끗해질 수 있을까? 아무리
퍼내어도 마르지 않는 죄의 샘.

우리를 항상 깨끗게 하는 것은 영원히 소유할 수 없는 예수
그리스도의 십자가와, 그 위에서 흘리신 그의 피뿐이랍니다.

사람이 사는 세상

하나님이 창조하신 인간과, 인간을 위해 선물로 주신
아름다운 세상이건만 도무지 민망하고 부끄러운 일투성이입니다.

더 이상 인간이기를 거부한 사람들, 그런데 그들 속에서
우리의 드러나지 않은 모습을 보게 됩니다. 이미 말씀을 통해서
우리에게 보여주신 사람들의 사는 모습. 이브의 배신, 아담의
핑계, 아벨과 카인의 살인, 요셉형제의 유괴, 야곱의 꾀, 롯의
아내의 미련, 다윗의 눈을 멀게 한 욕망, 압살롬의 반역.

사람이 할 수 있는 행동과 죄를 이미 보여주셨기에
새삼스럽게 놀랄 것도 없겠지만, 그래도 우리가 사는 세상은
사람다운 사람이 많아 사람들이 상처받지 않고 억울해하지 않고
불안해하지 않고 외면당하지 않고 빼앗기지 않으면서 오래 살고
싶어하는 세상이면 정말 좋겠습니다.

로뎀나무 아래

나는 자주 나의 로뎀나무 아래에 섭니다. 이 세상에도 없는
로뎀나무가 내 가슴속에는 있습니다. 욕망 때문에 다른 사람을
짓밟는 나를 볼 때. 허영심으로 잔뜩 부풀어 온갖 것을 다 드러내
보이고 난 뒤. 다른 사람이 나를 알아주지 않을 때.

그럴 때 나는 그 나무 아래서 울부짖기도 하지만, 어떤
경우에는 그 나무가 나를 유혹하기도 합니다. 그리고 내 속에
있는 무한한 사랑과 소망, 살아갈 수 있는 힘이 있는데도
그것을 바라보지 못하게 하여 절망과, 눈물과, 죽음으로 나를
끌어들입니다. 그리고 오래오래 그 나무 아래 있고 싶은 유혹은
한없이 느낍니다.

그러나 나의 삶에서 분리할 수 없는 좌절과, 고통과, 분노와,
미움이 있다 하여도 로뎀나무 아래로 다시는 가고 싶지 않습니다.

돌아보지 마라(1)

과거라는 것은 우리의 기억 속에 있을 뿐 어디에도 존재하지 않습니다. 어제 우리가 머물렀던 곳에 이미 우리는 없고, 우리가 하루를 시작한 아침의 시간도 우리의 기억 속에만 있을 뿐입니다.

그런데도 사람들은 가지지 못한 것, 지나간 것에 미련을 가지고 그것에 매달려 지냅니다. 지금 내게 없기 때문에 더 안타까워서일까? 그래서 지나간 것은 아름다워 보이고, 가지지 못한 것에 환상을 갖게 되는 것일까?

〈만남〉이라는 제목의 유행가 가사 중 "…돌아보지 마라, 후회하지 마라…"라는 부분을 듣고 있노라면 나도 모르게 고개를 끄덕이게 됩니다. 돌아볼 것도 없는 과거, 후회할 것 천지인 지난 것들인데 기억 속에 있는 과거라는 시간에 왜 얽매이는지.

…그는 연한 순 같고, 고운 모양도 없고, 풍채도 없고, 흠모할 만한 아름다운 것도 없다. …그래서 우리가 그를 멸시하였던가? 그래서 우리가 그를 버렸던가? 우리가 수시로 멸시하고 버리는 그이지만, 네가 설령 그랬더라도 후회하지 마라. 돌아보지도 말고. 우리가 그를 버린 그 순간 그는 이미 그 순간에도 우리를 용서하셨으리라. 지금 우리 속에, 지금 이 순간에 그분과 함께 있으면 그것으로 족하다. 돌아보지 마라. 돌아보면 그분과 더 멀어진다.

돌아보지 마라(2)

너와 헤어져 돌아오는 차 속에서 이 글을 쓴다.

새해가 되어도 우리에게 달라질 것은 하나도 없을 성싶더니 그게 아니더구나. 그가 우리를 사랑하시면서도 우리에게 모든 자유를 허락하신 것처럼 너와 나 사이도 그렇지.

우리의 삶 속에서 일어나는 그 어떤 일에도 불행하다고 여기거나 고통스러워하거나 슬퍼하지도 않았지. 우리에게 있는 자유의지를 보았기 때문이었지?

이 글이 네게 전해지리라 믿으며 이 글을 쓴다.

이제까지 너를 구속하였던 모든 것을 버리고 그분께로 온전히 돌아가겠다는 네 말에 의아해하는 우리에게 너는 그랬지. 지금까지 나는 온전하지도 철저하지 못했다고. 이제 모든 것에서 자유로워지겠다고. 떠나기 위해 버리는 것이 아니라 머물기 위해 버린다고. 그곳에 머물기 위해 버린다고? 아브라함을 생각하며 그처럼 온전히 순종하고 싶다고, 그리하겠다고.

그래 그러면 돌아보지 말자. 돌아보지도 마라.

과거란 지극히 주관적인 것으로, 그것은 우리의 기억 속에 있지. 고통까지도. 수치도, 궁핍도 아름답게 치장되어 과거라는 이름으로. 그것이 시간의 신비라는 것이지. 고통스럽고 외로웠던 시간들. 분노와 좌절 속에서 두려워하고 몸서리쳤던 그 순간들. 죽음의 문턱까지 이르렀던 그 아슬아슬한 시간들. 그러나 그 속에는 안일과 풍요와 기쁨과 희열과 욕망과 허영과 낭비도 분명히 함께 있었지.

돌아서는 네 고통보다 더 아픈 사람이 있을까? 우리의 시간과 물질을 낭비하며 통속과 세속을 넘나들며 불렀던 통속이지만 진실인 "…돌아보지 마라, 후회하지 마라…"라는 말.

손에 못이 박히고 가시관을 쓰고 지독한 배신 속에서도 철저하게 혼자 담담히 죽음을 받아들이셨던 그. 그분은 작은 배신에도 신음하는 우리의 영혼을 흔들어놓기에 충분하였기에, 모든 것을 버리고 선택할 가치가 있는 존재이지.

너의 결정으로 부딪히게 될 고통 때문에 목놓아 부르짖고 통곡한다 해도. 너를 부르신 그분에 대한 우리의 원망으로 너의 천국이 화염에 싸인다 해도 돌아보지 말고 후회하지 마라, 그리고 돌아오지도 마라. 세상을 향해 손 뻗지 말고 그분을 향해 손 뻗고 세상이 네게 주던 쾌락과 명예와 즐거움 대신 너는 그분의 향기로 네 영혼을 채워야 한다. 이미 그분이 허락하신 모든 새로운 것으로 너를 채워 더 이상 우리는 너를 침범할 수 없다.

이제 명예와 권력과 소유와 탐욕과 원망과 절망과 후회와 눈물로부터 철저하게 자유로워진 너. 그런 널 사랑하는 우리가 더 기쁘다.

누군가 널 위해 기도하네

　사랑이라는 것은 참 묘합니다. 그것은 용서할 수 없는 것까지
용서하게 하지만 또 때론 능히 용서할 수 있는 것도 용서하지
못하게 하는 힘(?)이 있습니다. 사랑타령을 하는 것은 아닙니다.
사랑의 행위와 관계있는 이야기를 하려다 보니 사랑의 억만 분의
일쯤을 드러낼 뿐입니다. 사람이 사랑에 눈을 뜨게 되면 세상만
새롭게 보이는 것이 아니라 자신도 새롭게 보입니다. 그것은
자기의 존재에 대한 새로운 인식과 대상에 대한 깨달음이 따르기
때문이리라.

　일본의 소설가 엔도 슈사쿠는 『깊은 강』이라는 소설에서
예수님의 살아 계심(부활)은 우리 속에 형성되는 사랑으로
확인된다고 하였습니다. 이 글을 읽는 순간 예수님의 사랑이
어떻게 우리의 삶을 통해 드러날 수 있을까라는 막연한 생각이
안개를 벗고 분명해지는 듯하였습니다.

　내가 예수를 믿고, 내가 예수를 만났으며, 내 삶의 주인이
예수라는 것을 증명할 수 있는, 증거 될 만한 것은 없습니다.
그러나 그가 어떻게 행동하고 사는가를 보면 그가 예수 안에서
거듭났는가를 알 수 있습니다. 그리고 예수님도 우리에게 분명히
요구하시고 말씀하시면서 몸소 보여주셨습니다. 네 이웃을
네 몸같이 사랑하라시며 당신의 몸을 하나님과 우리를 위해
내놓으셨습니다. 그리고 십자가에서 돌아가시는 그 순간까지
기도하셨습니다. "저들의 죄를 저들에게 돌리지 마시며…"라고.

　사랑을 표현하는 행위는 여러 가지입니다. 그것은 사랑을

표현하는 방법에 따라 달라집니다. 그러나 사랑은 일방적으로 '준다'는 것으로 표현되고, 또 확인됩니다. 시간, 물질, 자기 자신(목숨), 마음 등 내게 있는 소중한 것을 줄 수 있을 때 사랑이 자리하며 뿌리내릴 수 있습니다.

그런데 누군가 당신을 위해 기도하고 있다고 생각해 보십시오. 기도는 시간과 마음과 정성과 자기를 드리는 것입니다. 그 누군가가 당신을 위해 시간을 내고, 마음과 정성을 들여 두 손 모아 기도하고 있다고 생각해 보십시오! 그것은 분명 심장이 뛰고 삶을 더욱더 신나게 하는 사랑받음이 아니겠습니까?

물론 기도는 하나님과 만나는 시간이며 대화의 창구입니다. 그 순간에 그 누군가가 우리의 창조자이시며 아름다운 우주와 낮과 밤을 지으신 하나님과 대화하면서 당신의 이야기를 부탁한다고 생각해 보십시오. 당신의 꿈과 당신의 미래를 위해. 당신의 고통과 절망과 분노와 미움과 염려를 안타까워하며 안전과 소망과 빛과 사랑 가운데 서게 해달라고 누군가가 당신을 위해 기도한다고 생각해 보십시오. 사랑이 없으면 당신을 위해 기도할 수 있을까요?

보여줄 수 있는 사랑은 작다고 어느 시인이 말했던 것 기억합니다. 그 보여줄 수 있는 작은 사랑 가운데 큰 사랑과 가장 큰 뜻과 소망을 담고 있는 것이 기도입니다.

만약 누가 당신을 위해 기도한다면 당신은 그 자체만으로도 기뻐하십시오. 기도는 우리의 진정한 바람과 간절한 소원을 우리를 가장 사랑하시는 분께 올리는 청탁이기 때문입니다.

우리도 변해야 하는가?

존재하는 것 중에 변하지 않는 것이 있는가? 우리가 눈으로 보고 소유하고 즐기는 것 중 변하지 않는 것이 있는가?

우선, 사람이 변합니다. 오늘의 우리는 어제의 우리가 아니고 내일의 우리는 오늘의 우리와 다릅니다. 어느 순간, 어느 시절에 좋아하였던 것이 지금은 아니고, 지금 매우 필요하고 갈급한 것이지만 또 언제 마음이 달라져 관심이 없어질 수도 있습니다. 그래서 살아 있는 모든 것은 변하기 마련이고, 살아 있지 않는 것에 대한 우리의 태도나 느낌도 늘 달라집니다.

그런데 대부분의 사람들은 필요하고 좋으면 소유하려 하고, 즐겁고 기쁘면 웃고, 슬프면 웁니다. 외로우면 함께 있어줄 누군가가 필요하고, 싫은 사람하고는 잠시 동안 함께 있는 것도 견디지 못할 뿐 아니라 말하기도 싫고 얼굴을 대하고 싶어하지도 않습니다.

그러나 우리가 좋아하는 대상, 필요할 뿐 아니라 요구되는 물건, 웃을 수 있는 일, 우리를 슬프게 하는 일도 항상 같지 않습니다. 내가 외로울 때 나를 위로해 줄 사람, 보고 싶어하지 않는 사람, 사랑하고 싶은 사람도 달라지지요. 즉 필요의 대상이 바뀌고, 그 대상에 대한 기대와 요구도 끊임없이 변합니다.

그러기에 우리는 우리도 수시로 달라지는 그 요구에 우리를 늘 맞출 수가 없습니다. 그것은 사람관계에서만 그런 것이 아니라 나와 그것, 우리와 그것의 관계에서도 마찬가지일 것입니다. 그런 요구에 맞추다 보면 나는 없어져 버립니다.

그러면 그분도 그렇게 수시로 변하기를 원하실까요? 그분은 우리가 달라지기를 원하는 것이 아니라 우리가 늘 새로워지기를 원하십니다. 그분 앞에 서 있는 우리는. 늘 처음 만났던 그 순간, 그분께 온전히 의지하였던 그 처음을 기억하고 계셔서 그 첫사랑이 변하지 않기를 원하십니다. 우리가 변하면 그분이 아파하실 겁니다.

겨자씨로 얻은 에덴동산

세상에 태어나기 전에도, 세상을 알기 시작하였을 때에도 이미 우리에겐 에덴동산은 없었습니다. 그곳은 하나님께서 인간(人間)에게 주신 온갖 귀한 것과 아름다운 것이 있었고, 벌거벗었더라도 부끄러움을 몰랐던, 인간(人間)이 살기에 가장 이상적인 곳이었습니다.

우리는 살면서 자주 에덴동산을 그리워하며 그곳을 두고 많은 상상을 하기도 합니다. 평안과 기쁨과 소망만 있고, 눈물도 좌절도 고통도 이별도 절망도 분노도 가난도 쓸쓸함 그런 것은 없었을 것이라는 믿음을 버리지 않고 있습니다. 이제 다시는 돌아갈 수 없을까. 하나님이 만드신 그 모든 것이 다 있고, 먹음직한 것과 보암직한 것투성이인 곳이기에 더 아쉬운지 모릅니다.

그런데 어느 순간부터 우리는 이미 에덴동산에 있음을 알게 되었습니다. 우리가 꿈꾸던, 하나님께서 선물로 주신 그 에덴동산에 있게 되었던 것입니다. 찾아 헤맨 적도, 가지려고 노력한 적도, 일구려고 땀 흘린 적도 없었는데 우리의 거처가 된 에덴동산.

그것은 예수, 하나님의 아들이지만 보잘것없는 곳에서 태어나시어 죄없이 가시관 쓰고 십자가에서 돌아가신 그분이 가져다주신 것이었습니다.

스승 찾기

20대의 청년 시인 릴케는 60대의 노인 조각가 로댕을 만나면서 성실한 예술가의 자세를 배웁니다. 릴케의 일생에서 가장 부러운 것은 로댕과의 만남입니다. 베토벤과 하이든의 만남, 도산 선생과 춘원의 만남도 마찬가지입니다.

예수, 그분은 베드로가 사랑한 사람이고, 디모데는 바울에게서 크나큰 사랑을 받았습니다. 엘리사는 엘리야의 크기를 알고 그를 신뢰하고 따랐습니다.

바울이 디모데에게 보낸 편지 중 "너는 곧 내게로 오라"는 구절을 읽고 디모데를 얼마나 질투했는지 모릅니다. 감옥에 있는 스승의 가슴에 남아 있었던 디모데…. 누가 그를 부러워하지 않을 수 있으랴.

예수님으로부터 세 번씩이나 "네가 나를 사랑하느냐"고 다짐받았던 베드로의 경우도 마찬가지리라.

아, 묻기만 하면 몇천 번이라도 말해 주련만. "당신을 사랑한다"고. 그래서 가르침에 복종하겠다고….

베드로처럼 십자가에 거꾸로 달려 죽을 용기도 없고, 릴케처럼 위대한 시인이 될 재능이 없다 하더라도 그들에게 스승이었던 것처럼 당신도 우리의 삶에 충격을 주어 새사람으로 변화시키기에 충분하다고 고백하련만. 예수님은 언제쯤 내게 물으실까? "네가 나를 사랑하느냐"고.

너는 내게로 오라

예수님과 베드로의 만남은 바닷가에서였습니다. 삭개오와 만남도, 엘리야와 엘리사의 만남도, 그랬습니다. 바울이 잊지 못할 사랑하는 제자 디모데와의 만남도, 그러했습니다.

우리가 아는 위대한 예술가들의 탄생도 우연히 만난 스승에 의한 것임을 알 수 있습니다.

이들은 처음부터 무엇을 가르치거나 어떤 것을 목적으로 만난 것은 아니었습니다. 그런데 그들이 주고받은 영향은 매우 큽니다. 우연한 이들의 만남의 결과는 어마어마한 것이었습니다.

그러기에 베드로는 예수님 때문에 죽었고, 바울은 감옥에서도 "너는 내게로 오라"고 디모데를 찾을 만큼 그들의 관계는 깊어졌습니다. 가늠할 수 없는 이들의 관계. 이광수를 이야기하려면 도산이 나와야 되고, 릴케를 말하려면 반드시 로댕이 나옵니다.

평범한 우리를 부르시어 끊임없이 가르치시는 예수, 이다음에 우리의 삶을 이야기하면서도 우리는 그분, 예수님을 이야기할까요?

그분은 지금도 은밀하게 부르고 계십니다. "너는 내게로 오라"고…

욕망의 끝

이브는 먹음직도 하고 보암직도 하고 지혜롭게 해줄 것 같은 동산 가운데 있는 나무의 열매를 먹었기 때문에 아담과 함께 에덴에서 쫓겨났습니다. 이브의 욕망은 무엇이었을까?

그래, 채우고 채워도 채워지지 않는 것을 욕망이라 이름 하는 것이리라.

돈, 권력, 명예, 쾌락. 왜 이것들이 생겨 인간을 파멸의 구렁텅이로 몰고 가는지 알 수가 없습니다. 인간(人間)이 만들어낸 것이어서 그럴까? 가지고 가져도 가진 것을 눈으로 볼 수 없어 더 가지고 싶어지는 것이 명예와 권력이던가? 쾌락의 끝에 무엇이 있을 듯하여 점점 탐닉하지만 남는 것은 더 큰 허무뿐이고, 명예란 얻기보다 지키기가 더 어렵고, 권력이란 눈 깜짝할 새 말 한마디로 없어지는 것입니다.

우리의 삶을 지배하는 것들이란 어떤 것인가? 우리는 이것들이 없으면 불안해하고 당혹스러워하는데, 겨울의 들판과 나무는 비어 있어도 초라해 보이지도 당혹스러워하지도 않습니다. 나무에는 권력도 명예도 쾌락도 없어서일까? 아니면 비어 있는 저 들판과 나무들은 다시 푸르름으로 가득할 것이라는 확신 때문일까?

비어 있어야 새것으로 채워진다는 진리를 해마다 자연을 보면서 확인하지만 우리는 마치 자연의 한 부분이 아닌 듯, 그분의 창조물이 아닌 것처럼 살고 있습니다. 우리는 먹음직도 하고 보암직도 한 것을 얻기 위해 돈과 권력과 명예가 필요했을까?

그러나 하나님은 이브를 통해 먹음직도 하고 보암직도 하고 지혜롭게 해줄 것 같은 것에 대한 욕망을 버리지 못하면 언제든지 하나님 나라에서 쫓겨날 수 있다는 것을 예고하셨던 것입니다. 우리가, 인간이 먹음직도 하고 보암직도 하고 지혜롭게 해줄 것을 얻으려고 순종하지 않을 것을 미리 알고 계셨던 것입니다.

욕망의 끝에는 천국은 없습니다. 그래서 마음이 가난한 자들은 천국을 얻는다고 하셨던 것입니다.

그가 먼저 오셔서 사랑하셨습니다…

국민학교(지금은 초등학교라 부릅니다) 시절 성당에 다니는
친구가 있었습니다. 그 친구는 학교에 와서 늘 자랑하였습니다.
"나는 어제 고해성사를 해서 죄가 없다"고 참 신나하였습니다.
고해성사가 무엇이기에 우리가 지은 죄가 없어지는지. 그러나 그
친구는 나에게 성당에 가자고 한번도 말한 적이 없었습니다.

그리고 내가 다닌 고등학교의 교장선생님은
수녀님이었습니다. 그 학교는 부산 시내의 한가운데 있었는데,
학교 입구에 성당이 있었습니다. 교문의 왼쪽에 위치한 우람하고
엄숙한 성당은 객지생활을 하던 나의 피난처(?)였습니다. 그땐
하나님이 어떠하신 분인지, 예수 그리스도는 왜 십자가에 못박혀
돌아가셨는지 모르면서 조용하고 아늑한 성당 안에서 무작정
앉아 있기도 하였습니다.

그러면서 내 마음엔 부러움이 일어났습니다. 잘못을
용서받을 수 있는 사람은 얼마나 좋을까 하고. 부모에게 잘못한
것, 형제자매에게 잘못한 것, 사촌에게 잘못한 것, 선생님께,
친구에게… 그 수없는 잘못을 누가 용서해 준다면 얼마나 좋을까.
그래서 나는 성당에 다니는 사람들을 은근히 질투하였습니다.
그리고 나도 그런 존재를 갖고 싶었습니다. 그때도 그들이 만난
예수를 나에게 소개해 주지 않았습니다.

그후 대학에서 문학공부를 하게 되면서 지금도 가슴
두근거리는 근사한(?) 선생님을 만났습니다. 그분도 늘 예수와
하나님과 고통과 십자가에 대하여 이야기를 하셨습니다.

그리고 그 선생님의 책에는 하나님과 예수에 대한 시나 수필이 있었습니다. 그 선생님을 따르면서, 때로 그의 신앙생활 가까이 가보았고 그 선생님의 소개로 바오로출판사에서 교정 보는 일을 아르바이트로 하였지만 그때도 지금 내가 만난 예수에 대하여 만날 수 있는 기회를 만들어(?)주지(?) 않았습니다.

그러나 나의 책장에는 촌스러운 인디언 핑크로 채색되어 있는 성경책이 늘 있었습니다. 그 성경에는 예수라는 사람의 이야기와 하나님의 이야기가 있다는 것과, 죄 용서를 받은 사람들이 늘 들고 주일마다 교회와 성당으로 간다는 것만 알지 다른 것을 아는 것이 없었습니다. 들추어보지도 않으면서 늘 책장의 한쪽에 두어 그 성경은 먼지를 뒤집어쓰고 있었습니다.

그러다 나는 아주 특별한(?) 한 사람을 만나게 되었습니다. 나를 그분께 안내한 사람을 만나게 되었습니다. 나에게 그분이 왜 십자가에서 죽었는지, 죄가 무엇인지, 용서가 무엇인지, 그런 것들을 가르치려고 하지 않고 단지 그분에게 가까이 갈 수 있도록 나를 조금씩 조금씩 그분께 가게 해주었습니다. 그때는 그것이 인간적인 친절과 나에 대한 관심인 줄만 알았습니다. 그러나 그 태도는 내가 그리스도에 대해서 관심을 가지고 내 삶의 주인임을 인정할 수 있도록 하기 위함이었음을 나중에 알게 되었습니다.

그러던 어느 날 나는 이미 그분 안에 있었던 것을 알았습니다. 이미 그는 나를 사랑하고 계셨던 것입니다. 그 사랑을 찾지 못하고 헤매고 다녔던 수많은 날들, 쓸쓸하고 허망된 것을 쫓아다닌 날들, 미움과 분노와 자기혐오와 열등감과 질투와 탐욕과 절망 속에서 뒤척거렸던, 부끄러운 지난날들.

그분의 사랑을 확인하면서도 그분의 사랑을 받아들이는 것이 쉽지 않을 때도 있었습니다. 그래도 그분은 늘 나를 기다리시며 받아들이기만 하였지 나를 떠나신 적도, 외면한 적도 없었습니다. 그래서 때론 그분을 벗어나 멀리 갔던 적도 있었고 더 가고 싶었던 때가 얼마나 많았던가. 욕망에 사로잡혀 내 마음대로 살고 싶고, 그분을 몰랐던 그 시절로 돌아가고 싶었던 적도 있었습니다. 그러나 그 어디에도 그분처럼 나를 사랑하는 사람은 만날 수 없었습니다.

나는 그분을 한번도 본 적이 없습니다. 그런데도 나는 압니다. 그분은 늘 나를 먼저 찾으셨다는 것을. 그를 만나지 못했다면 아직도 헛된 것을 찾아 헤매고 있을, 힘들었을 나의 매일매일. 그를 만나지 않았다면 권태와 허무와 탐욕 속에서 얼마나 많은 시간들을 죽였을까도 생각해 봅니다. 그리고 수없는 사람들에게 상처를 내었을 것입니다.

이제 또 그분은 우리에게 오시기 위해 서성거리고 계십니다. 바로 당신을 찾기 위해 곧 우리에게로 오실 것입니다. 그분을 위해 문을 열고 손을 내미십시오. 초라하고 부끄럽고 거칠고 얼음장처럼 차가운 손이라도 그분은 말없이 그 손을 잡으실 것입니다. 당신을 위해 당신의 마음 한구석을 조금만 비워놓으십시오. 겨자씨 같은 그분의 사랑이 자리 잡기만 한다면 당신의 영혼은 빛날 것입니다. 당신이 기다려야 될 그분은 바로 예수 그리스도십니다.

네 손에 무엇이 있느냐

퍽 오래전의 일입니다. 특별한 일이 없으면 방학 때마다 아이들을 데리고 친정엘 갔습니다. 짧게는 닷새, 길게는 10일 정도 지내다 옵니다. 1년에 두 번 정도였습니다. 70이 넘은 부모님이 살아 계실 때 간다지만, 얼마나 살아 계실지 몰라 부지런히 다녔습니다.

어느 해인가 여름방학이었을 것입니다. 그때도 아이들을 데리고 친정엘 갔었습니다. 친정엘 가면 나는 어머니와 아버지께 드시고 싶어하는 음식을 반드시 해드렸습니다. 나중에 내가 후회할까 봐 해드릴 수 있을 때 해드렸습니다. 지금 생각하면 평생에 몇 번이나 해드렸을까 하지만 그것도 없었다면 얼마나 후회했을까 생각합니다.

아마 점심 먹고 간식이 먹고 싶다고 해 떡볶이를 해서 놀러 온 사촌들하고 떡볶이를 먹는데 아마 아들이 먹기에는 퍽 맛이 있었던지 "엄마, 엄마, 이담에 학교 정년퇴직하면 떡볶이가게 하면 좋을 것 같아, 너무 맛있어"그랬습니다.

그랬더니 식탁에서 떡볶이를 함께 드시고 계시던 아버지가 정색을 하시고 "무슨 떡볶이가게야, 네게 글 쓰는 좋은 재주가 있는데 그 재주를 살려야지…" 하셨던 것입니다. 그 다음 장면과 상황은 기억나지 않습니다. "네게 글 쓰는 좋은 재주가 있는데…"

우리는 가끔, 아니 자주자주 내 손에 무엇이 있는지 잊고 삽니다. 마치 모세가 하나님께 나는 능력이 없어 아무것도 할 수 없으니 보낼 만한 자를 보내소서 하고 이 핑계 저 핑계를 댈 때처럼. 그럴 때 "너는 이 지팡이를 잡고 이것으로 기적을 행할 지니라"(출애굽기 4:10~18)라고 말씀하십니다. 그러나 그런 실랑이가 있기 전에 "여호와께서 그에게 이르시되 네 손에 있는 것이 무엇이냐. 그가 가로되 지팡이니이다"(출애굽기 4:1)라 했을 때, 이미 그 지팡이로 기적을 보여주십니다. 모세의 손에 이미 오래전부터 들려 있었던 지팡이, 광야에서 살았던 40년 동안 한번도 버린 적이 없던 지팡이였습니다.

이미 우리 손에, 필요한 것을 주셨고 당신께서 쓰시고자 할 때 언제든지 쓰시려고 들려주신 것이 있는데 내가 그것을 모르고 있었던 것입니다. 그래서, 마치 아무것도 없는 것처럼 헛된 것, 내가 가질 수 없는 것, 내게 필요하지 않는 것, 내가 집을 수도 없는 것을 손에 넣으려고 수많은 시간을 소비하고 헛된 노력을 했던 적이 얼마나 많은지.

"네가, 지금 네 손에 있는 것이 무엇인지 보아라. 그것이 네게 주신 은혜고 달란트이다. 그것으로 네 소명을 다하라."

죄를 짓다

'짓다'는 "① 재료를 들여 만들어내다 ② 모양이 나타나도록 만들다 ③ 건물들을 세우는 일을 하다"로 국어사전에서 설명하고 있습니다. 그런데 왜 죄는 짓는다고 할까요? '죄를 짓다'는 이 세 가지 중에 어디에 해당될까요?

죄를 짓는 데 재료가 필요한가? 아닙니다. 재료가 없으니까? 그러면 두번째인데, 죄는 모양이 없는데 왜 '죄를 짓다'라고 했을까요? 세번째 의미와 두번째 의미는 비슷하다고 할 수 있습니다.

결국 '짓다'는 것은 창조적인 행위입니다. 없는데 필요에 의해 무엇인가를 가지고 새로운 필요한 무엇을 만들어내는 것입니다. 집을 짓는 것은 인간의 거주지를 만드는 행위입니다. 그리고 밥을 짓는 것은 배고픔을 해결하기 위한 행위입니다. 그리고 옷을 짓는다는 것은 인간의 신체를 보호하기 위한 행위입니다. 이 세 가지는 모든 인간에게 필요한, 없어서는 안 되는 것, 목숨을 지키기 위해 존재하기 위해 있어야 할 것이기에 이것을 해결하려고 무엇인가를 만드는 것입니다. 스스로 짓든지 누가 지어줍니다.

그런데 죄는, 누가 필요하여 누구를 위하여, 무엇을 가지고 만들어낸다는 것일까요? 누가 만들어내는 것일까? 왜 만들까? 무엇으로 만들까? 아무에게도 유익하지 않은, 누구의 배도 부르게 할 수 없고 어느 사람도 따뜻하게 재울 수 없는, 공간도 아니고 한 벌의 옷도 될 수 없는, 누구에게도 필요하지 않고 아무도 기뻐하지 않고 즐거워하지도 않은 것, 그것이 죄입니다. 모양도 없어 아무도 볼 수 없고 만질 수도 없지만, 분명히 있어 고통이 되는 것, 죄를 지은 자만이 알 수 있는 것 그리고 그분만 볼 수 있어 그분에게도 고통이 되는 것.

그래서 그러셨구나, 죄짓지 말라고. 이 세상에 죄는 필요 없으니까. 다른 것 모든 것, 필요한 것은 다 지어도 되는데 죄는 짓지 말라고 하셨습니다.

아이와 엄마

아이의 우주는 엄마였습니다. 아이는 엄마라는 우주 때문에 기쁨이 있었고 어떤 어려운 일도 견딜 수 있었습니다. 자신이 있기에 우주의 존재를 알 수 있다는 것을 아이는 알지 못했고, 우주 때문에 자신이 존재한다고 믿었기 때문에 우주인 엄마는 아이의 전부였습니다. 또 아이는 다른 우주가 존재하는 것도 몰랐고 엄마 외에 다른 것이 우주가 될 수 있다는 것을 생각해 본 적이 없었습니다.

그러나 아이의 엄마는 알고 있었습니다. 언제가 될지는 모르지만 아이는 반드시 새로운 우주를 발견하게 될 것이고, 그 새로운 우주로 옮겨갈 것이라는 것을.

그러나 엄마는 아이에게 그러한 것을 말하지 않았습니다. 우주를 보여주고 우주에서 사는 즐거움을 가르쳐주기 위해서였습니다. 또 우주에는 무엇이 있는지를 알게 하고 싶었기 때문입니다. 그것은 아이가 새로운 우주를 찾을 때 정말 자신이 살아도 될 우주인가, 또 자신이 원하고 바라는 것을 채워줄 수 있으며, 자신이 슬프고 괴로워 위로받고 싶을 때 자신의 위로자가 될 수 있는지. 물론 그것보다 더 중요한 것은 자신으로 말미암아 우주가 행복해하는지를 알 수 있게 하는 지혜를 갖게 하기 위함이었습니다.

새 우주를 발견하여 아이의 첫 우주를 떠날 때까지, 아이와 엄마는 한없이 행복했습니다.

그런데 지금, 당신은 어느 우주에 머물고 계십니까?

엄마, 비는 집이 어디야?

등에 업힌 아이는 우산을 들고 있는 것이 힘이 들었지만 어쩔 수 없었습니다. 자기를 업었으니 엄마는 우산을 받칠 수 없어 끙끙거리며 우산을 꼭 쥐고 있었습니다. 그래도 아이는 몹시 좋아했습니다. 제법 쏟아지는 비는 소리를 내며 하수구로 흘러 들어갔습니다.

5월이었으리. 장미나무 이파리와 찔레나무 이파리가 골목마다 흩어져 있었으니. 비가 와 떨어진 이파리들도 하수구로 흘러 들어갔습니다. 등에 업혀 있던 아이가 엄마를 불렀습니다.

"엄마."

"왜?"

"비는 집이 어디야? 아파트야?"

그 소리를 듣는 순간 발아래를 보니 모든 빗물은 낮은 데로 모여 어디론가 가기 위해 흘러내리고 있었습니다. 등에 업혀 엄마 목에 두 팔을 감고 우산을 든 아이가 어느새 땅에 내린 빗물이 어디론가 가는 것을 보았던 것입니다.

"글쎄, 비는 집이 어딜까? 엄마도 잘 모르겠는데, 비한테 물어봐야 알겠는데."

"응, 그래…."

아이도 비의 집이 어딘지 꼭 알려고 하지 않아 그대로 넘어갔습니다.

비의 집이 정말 어디일까. 강이나 바다 말고 비는 그들만 가는 집이 어디엔가 있을 것인데 우리가 모르는 것이 아닐까?

등에 업혀 비의 집을 묻던 아이를 이제는 업을 수 없습니다. 그리고 비가 와도 비의 집이 어딘지 묻지도 않습니다. 아이는 키도 자랐고 생각도 깊어졌고 많은 것을 책을 통해 알게 되었습니다.

나는, 등에 업혀 비의 집이 어디냐고 묻던 아이의 따뜻한 체온을 아직도 기억하는데….

엄마의 색깔

저녁밥까지 먹고 난 아이가 다시 라면을 먹겠답니다. 다른 것을 먹으면 안 되겠냐고 했더니 라면이면 더 좋겠답니다.

라면을 사러 나서는 나에게 미안했던지 엄마를 보호해야 한다며 따라나섭니다. 여름의 끄트머리에 내리는 비라 추적거리지도 않았고 더위를 몰고 갈 것 같아 시원한 느낌을 주었습니다. 드문드문 비추는 보안등 불빛으로 가느다란 빗줄기가 그대로 보였고, 불빛 주변은 무지개처럼 여러 색깔이 아롱져 있었습니다. 우산을 받쳐 든 아이는 손을 잡으며 묻습니다.

"엄마, 비가 무슨 색인지 알아?"

"비? 회색? 흰색? 아니 비는 색이 없지."

나는 그 질문을 받는 순간 비는 물이다. 물은 무색무취니 비도 그럴 것이라고 생각한 것입니다. 그랬더니 틀렸답니다.

"엄마, 비는 비색이야. 그러면 수박은 무슨 색이야?"

"응, 수박, 수박은 수박색이지."

"그래, 맞았어. 그러면 엄마는 무슨 색이야?"

"엄마? 엄마가 무슨 색이 있어? …모르겠다."

"엄마, 엄마는 사랑색이야."

"사랑색…?"

엄마는 사랑색이랍니다. 누가 엄마의 사랑색을 표현해 줄 수 있을까?

아마 아이만이 표현할 수 있으리. 아이 안에 가득 찬 사랑을 봅니다. 나는 채워주지 못했는데 언제 그분이 채우셨는지.

행복 로션

날씨가 쌀쌀해지면, 아이는 세수 후 로션을 발랐습니다.
거친 피부가 더 고와졌으면 하는 바람과 향긋한 냄새도 나기에
부지런히 바르기도 하고 때로 내가 발라주기도 합니다.

그날도 여느 날과 마찬가지로 가방을 메고 학교에 가려고
현관문을 나서는 아이에게 로션을 발랐느냐고 물었습니다.

그랬더니 아니라면서 내게 오더니 나의 두 손을 가져다가
자기 얼굴에 쓱쓱 문지르는 것이었습니다. 그러더니 "엄마, 나
로션 다 발랐어"랍니다.

"엄마 손에 로션 없었는데…"라며 방으로 들어가 로션을
가져오겠다니 "아니, 엄마. 행복 로션 있잖아. 그거 발랐어…"라고
했습니다.

"행복 로션?"

"그래, 엄마 손에 있는 행복 로션…"이라며 문을 열고 총총히
학교로 갔습니다.

내 손에 행복이 있었던가? 내가 언제 아이에게 행복을 준다고
여겼던 적이 있었던가? 내 손이 아이의 얼굴에 닿기만 해도
아이는 행복했던 것입니다.

누가 알리, 이 사소하지만 큰 기쁨을. 누구도 만들 수 없고
아무에게도 팔 수 없고, 최고급 화장품을 파는 화장품가게에서도
구할 수 없는 행복 로션. 아무리 발라도 바닥나지 않고,
그러면서도 얼굴을 빛나게 하고 어느 로션보다 더 큰 향기를 가진

행복 로션. 요사이도 자주 하루에 몇 번씩 아이에게 행복 로션을
발라줍니다.

따끈한 우유 한잔과 갓 나온 소보로빵 하나

그날은 교인체육대회를 마치고 집으로 돌아오는
길이었습니다.

체육대회가 있었던 시청 운동장에서 집까지는 조금 먼
듯하였지만 충분히 걸어서 갈 만했습니다. 버스로는 한
정거장이지만 정류장까지의 거리도 꽤 되었고, 택시를 타면
기본요금이었지만 차 잡기가 만만치 않았습니다.

아침에는 그날 먹을 도시락을 싸서 남편과 함께 갔지만,
식사 후 남편은 회사에 일이 있어 일찍 가고 작은아이하고 나만
마칠 때까지 있었습니다.

어느 행사든지 마찬가지이지만 끝마무리를 하는 손길은 준비할
때처럼 신나지 않습니다. 누가 시키지 않았지만 당연히 해야 될
일이기에 준비요원들은 남아서 정리를 하였습니다. 마지막까지
함께 도우지 못하면서 그래도 있어야 될 것 같아 해가 제법 진
뒤에야 아이와 함께 집으로 발길을 돌렸습니다.

10월이어서 그랬는지 해진 뒤의 운동장은 추운 느낌마저
주었고 몸을 움츠리게 하는 기온이었습니다. 낮에는 더웠었는데
해가 지니 완연하게 달랐습니다. 아이와 나는 집까지 걷기로
했습니다. 집으로 가는 길은 차가 많이 다니지 않았으며 드문드문
남은 공터에는 코스모스가 피어 있어 심심치 않으리라 생각했고,
또 해가 진 뒤의 거리도 가을의 정취를 물씬 풍기고 있어 걸을
만하리라고 생각했기 때문입니다.

시청 정문을 통해 밖으로 나와 큰길로 들어설 때 정말 기온이

많이 내려갔음을 알 수 있었습니다. 긴 팔 티셔츠를 입었는데도 찬 기운이 몸으로 들어와 '춥다'라는 생각이 들었습니다. 아이는 더 추울 것이라 생각이 들어서 손을 꼭 잡았습니다.

그때였습니다. "엄마, 나는 지금 따뜻한 우유 한잔과 갓 나온 소보로빵 하나만 먹었으면 좋겠어…"라는 것이었습니다. 그 말을 듣는 순간 쉽게 "그래 빵집에 가서 먹자"라고 대답했습니다. 집 근처에 빵집이 있었고 그 집 소보로빵을 자주 사다 먹었기 때문이었습니다. 그러면서 한편 가슴 저 밑바닥에서 알 수 없는 기쁨이 올라왔습니다.

그것은 아이의 소박한 주문 때문이었고, 또 하나는 내가 그 바람을 아무 거리낌 없이 지금 들어줄 수 있다는 것 때문이었습니다.

사실 그때 내가 가지고 있었던 돈은 따뜻한 우유 한잔씩과 소보로빵 하나씩 먹을 정도였습니다. 만약 아이가 갈비탕이니, 자장면, 피자를 요구했더라면 나는 얼마나 당황하였고 아이는 얼마나 서운하였을까? 그때 나도 배고팠고 추웠던 것처럼 아이도 그랬을 텐데.

찬 점심을 급하게 대충 먹었으니 양도 차지 않았을 것이고, 또 체육대회라지만 아이들 위주가 아니라서 지루했을 것입니다. 그나마 뜨거운 물은 일찍 동이 났고 해서 빨리 집으로 가고 싶은 생각뿐일 수 있었습니다. 그런데 그것도 모르고 엄마는 걷자고 하니 거절도 못하고 걸어서 집으로 가지만, 날씨도 춥고 배가 고파 따뜻한 음식이 생각났을 것입니다.

그때 추위와 배고픔을 사라지게 하고 싶어 부탁을 했는데 그

부탁을 내가 들어줄 수 없다면 아이의 서운함보다 엄마인 내가 더 안타까워했을 것입니다. 그런데 소박하게도, 또 엄마의 주머니 사정을 아는 양 우유 한잔과 빵 하나라니.

오래전의 일이라 아이는 잊었을는지 모릅니다. 그러나 나는 자주 그 일을 생각합니다.

기쁨은 일상의 순간순간에 만들어지며 아주 사소한 순간에, 말 한마디에 숨어 있다는 것을 새삼 깨달았습니다. 큰일과 어느 특정한 순간에 행복과 기쁨이 오는 것이 아니라, 우리의 생활 속에 그것이 늘상 존재해 있다는 것을 생각하게 되었습니다. 그러면서 하나님과 우리의 관계도 그렇지 않을까 생각했습니다. 아주 소박한 것. 그러나 절실한 것. 가져 부담스럽고 거추장스러운 것이 아니고 꼭 있어야 될 것. 그리고 그것이 있으므로 참으로 우리가 기쁘고 하나님이 기뻐하실 것을 우리가 원하는가 하고 생각하게 되었습니다. 우리의 기도가 이루어지지 않는 것은 가져 기쁠 것이 없기 때문인지도 모른다고 생각해 보았습니다.

그날 아이와 나는 빵집에 가지 않았습니다. 우리는 그 대화만으로 충분히 따뜻해졌고 배가 불렀기 때문에 곧장 집으로 왔습니다.

엄마의 갱년기

어머니가 돌아가실 때까지 한번도 어머니라 부른 적이 없어서 어머니라는 말이 어색합니다.

지금도 내가 후회하는 것은 여자이면서도 한번도 엄마를 여자로 생각하지 않았다는 것입니다. 엄마가 여자였다는 생각은 내 나이가 50이 지나서, 아니 40후반 지나서이지 않았나 싶습니다.

갱년기…. 그것이 무엇인지 모르고 부딪히면서 문득 내가 이해할 수 없었던 엄마의 40대 후반이 생각났기 때문입니다.

내가 결혼할 즈음부터이었을 것입니다. 몹시 힘들어하던 엄마의 일상이 이해되지 않았습니다. 내가 보아온 엄마의 일상이 그 이전과 크게 달라진 것이 없는데 유난히 그즈음은 힘들어해서 이상하게 여겼습니다. 왜 그러셨을까? 어디가 아프신가? 늘 편두통이 있어 뇌신이라는 약을 달고 사셨기에 그것 말고는 병이라 할 만한 증세는 없었습니다. 늘 하시던 일인데도 귀찮아하셨고, 힘들어하셨습니다. 그즈음이 엄마에게 갱년기였던 것입니다.

내가 그 나이가 되어서야 알게 되었습니다. 나는 그것이 엄마에게 너무 미안했습니다(그것 말고 미안하고 잘못한 것 많지만). 내가 한번도 엄마를 여자로 보지 않고 엄마로만 보아서 그 변화를 이해하지 못하고 엄마에게 서운한 마음을 가졌던 것을.

말할 수 없는 후회와 좌절이 점철된 나의 일상, 밤에 누우면 몇천 번이고 생각하는 죽음. 전혀 남과 같은 남편. 아, 내일도 오늘 같다면 꼭 살아야 할까? 나는 누구인가? 하나님을 품고 기도를 바치면서도 혼자 몰래 했던 생각들입니다.

엄마도 분명히 그랬을 것입니다. 그런데 아무도 몰랐고 알려고도 하지 않았고, 엄마의 변화를 원하지 않았던 이기적인 자식인 나, 딸이었습니다.

어떻게 견디었을까? 그 긴 절망과 허무의 시간을. 엄마는 여섯 자식의 마음을 헤아리려야 했는데 그 여섯은 한 분인 엄마의 변화를 헤아리지 못했던 것입니다.

그래서 나는 지금도 오래전에 돌아가신 엄마에게 미안합니다.

사모곡

엄마는 오래오래 병석에 누워 계셨습니다. 잘 걷고 싶어서 먼 서울까지 오셔서 수술까지 받으셨지만, 결국 당신이 바라시는 대로 다시 걷지도 못하시고 누워 지내셨습니다.

고운 옷, 예쁜 블라우스, 따듯한 코트, 편한 신발, 멋진 안경…그것들을 걷게 되면 입고 신고 하신다고 아끼고 아끼셨습니다.

봄이 오는지도 꽃이 지는지도 계절이 오고가는지도 모르시면서 병과 자신과 욕망과 후회와 분노와 절망과 싸우면서 아파트의 침대에서 오래오래 누워서 지내셨습니다.

차마 표현할 수 없는 마음과 육신의 고통을 어떻게 참고 지내셨는지 가늠할 수는 없지만, 아무도 그 고통을 나눌 수도, 대신할 수도 없었습니다. 엄마의 그 고통이 남편인 아버지와 자식인 우리가 만들어드린 것이기 때문이리라.

저녁을 드시자마자 잠들기 위해 수면제를 드시던 그 모습은 아직도 마음을 아프게 합니다. 엄마는 누구와도 나눌 수 없는 그 고통 속에서 낮과 밤을 견디었을 것입니다. 엄마와 아버지는 부부지만 서로의 고통 속에는 들어설 수 없습니다. 그래서 부부는 남자와 여자로 만나지만 결국은 좋은 사람으로 이별하게 되는 것입니다. 나이가 들면 없어지는 남자와 여자, 그러고 인간으로만 사는 것입니다.

엄마는 당신이 죽은 후 화장을 해서 강이나 바다에 뿌려달라고 하셨습니다. 죽어서 마음대로 자유롭게 다니고 싶다고.

그러나 우리는 그렇게 하지 않았습니다. 엄마를 그렇게 보내고 싶지 않았던 것입니다. 엄마는 우리가 죽어야 비로소 돌아가신 것이지, 우리가 살아 있는 한 엄마는 결코 돌아가신 것이 아니기 때문입니다. 자식은 이렇게 이기적입니다. 죽음 앞에서까지 이기적으로 행동하고 결정하였던 것입니다.

늦게 하나님을 알게 되고 시편 말씀으로 평안을 얻기를 소망하셔서 한층 마음이 편안해졌지만, 엄마가 언제 예수님을 만났는지 알 수 없습니다.

우리는 지금도 형제가 만나고 친척을 만나면 반드시 엄마 이야기를 합니다. 밥상에서도 시장에서도 마치 어제도 우리와 함께 계셨던 것처럼.

행복한 아이, 기쁜 엄마

행복한 아이를 보는 것은 우리를 기쁘게 합니다. 뿌셔뿌셔 한 봉지, 반짝반짝하는 머리핀 하나, 내일 부서질 수도 있는 장난감 한 개면 아이들은 얼마든지 기쁩니다. 아니 엄마의 웃음, 자기로 향한 선생님의 눈빛, 아빠가 낮은 목소리로 자기를 불러주기만 해도 아이들은 행복해합니다.

이처럼 아이들의 행복은 사소합니다. 그리고 하루에도 수백 번 행복할 수 있습니다. 〈뽀뽀뽀〉 시간도 그렇고, 〈피카츄〉 시간도 그렇고, 어린이집으로 오는 시간도, 집으로 돌아가면서도 아이들은 얼마든지 기쁩니다. 돈이 드는 것도, 엄마의 수고가 필요한 것도 아니고 선생님의 지도가 없어도 이들은 얼마든지 즐겁고 재미있습니다.

이렇게 사소한 것에 기뻐하는 아이를 보는 엄마는 더 기쁩니다. 사실 엄마들의 기쁨을 엄마 스스로 자아낸 적이 있을까? 교사도 마찬가지 아닐까 생각합니다. 이미 엄마의 기쁨은 아이들로 인한 것임을 부인할 수 없습니다. 아이들이 웃고 행복할 때 엄마는, 아니 모든 가족은 기쁘고 행복합니다.

"엄마, 다녀오겠습니다.""엄마, 밥 줘.""엄마⋯." 그 목소리를 들을 수 있고, 그렇게 말할 수 있는 아이가 있는 그것만으로 엄마는 충분히 기쁜 것입니다.

"선생님, 이것 뭐예요?""동화책 읽어주세요.""쟤가 날 때렸어요." 때론 귀찮지만(?) 이들로 선생님은 선생님이 되는 것입니다.

어른은 큰 것, 좋은 것, 많은 것, 신기한 것, 새로운 것일 때 더욱 좋아합니다. 그래서 큰 아파트, 시설 좋은 어린이집, 사람이 많이 모이는 유명하고 많은 사람이 놀라워하는 것을 보러 가기를 좋아합니다. 그렇다고 행복한 것은 아닌데 말입니다.

그러나 아이들은 자기가 좋으면 됩니다. 집이 크지 않아도 엄마와 아빠와 누나 언니와 형 오빠와 동생과 있기만 해도 좋습니다. 비싼 장난감이 많지 않더라고 어린이집에 갈 때마다 자기를 문 앞에서 기다려주고 따스한 손으로 자기 손을 잡아주는 선생님만 있어도 좋아합니다. 늘 보는 동물이고 늘 타던 그네고 늘 먹던 김밥인데도 아이를 사랑하고, 아이가 사랑하는 사람과 함께하면 그것도 좋습니다.

어른인 우리는 우리가 좋아하고 원하면 아이들도 좋아하고 원한다고 생각하고 있는 것은 아닐까? 새 소리를 듣는 것보다 카세트에서 나오는 소리를 아이들이 더 좋아한다고 생각하는 것은 아닌가? 엄마의 목소리, 엄마의 독특한 향기, 동생이나 형 오빠, 아빠의 큼직한 손, 선생님, 할머니, 할아버지는 돈으로 살 수 없습니다. 밤사이 내리는 눈, 밤하늘의 별, 나뭇잎을 살랑거리게 하는 바람 이런 것으로 이미 아이는 충분히 행복합니다. 그런 행복한 아이를 보는 엄마는 더 기쁩니다.

손자(1)

첫돌만 지난 손자는 제 아비와 어미를 따라 미국으로 가야만
했습니다. 이제 첫돌 지난 놈이 무슨 생각이야 있겠냐만 어른들의
판단과 목적에 따라 선택의 여지도 없이 낯선 곳으로 가야만
했습니다.

그 좋아하던 장난감, 늘 입던 옷, 읽어주던 책, 물을
넣어가지고 다니던 물통, 목욕하면서 사용하던 샴푸, 제 옷
세탁에만 쓰던 향긋한 세제, 옷을 넣어놓던 옷장, 옷걸이,
아니 침대에서 사용하던 요와 이불까지, 밤에 잘 때 함께 자던
인형까지 거의 대부분 두고 갔습니다. 아마 최소한의 것만 가지고
갔을 것입니다. 짐의 무게와 개수를 줄여야 하기에 버리고 또
버리고 그리고 가져갔을 것입니다.

아무도 손자녀석에게 무엇이 필요한지 묻지 않았습니다. 다만
어른이 생각하기에 아이에게 필요한 것이라고 생각되는 것만
가지고 갔을 것입니다. 또 뭐라 물을 것인가? 물어도 먼 곳으로
떠나는 것을 알지도 못하고 아직 말도 잘 못하는 녀석인데.

그런데 그녀석이 무엇을 알았는지 느꼈는지 알 수 없지만,
비행기에서부터 잘 먹지 않더니 미국에 도착해서도 물 한 모금
먹지 않더라는 것입니다. 꼬박 24시간을. 그러니 그 시간이 거의
이틀이었다는 것입니다.

그 말을 듣는 순간 나도 모르게 눈물이 왈칵 나왔습니다.
아, 익숙한 것과 이별하는 아픔을 이 어린것도 아는구나.
말을 하지 못해서 말을 하지 않았을 뿐 그 마음이 어땠을까?

그 아픔과 후회와 불안과 서운함과 안타까움이 한꺼번에
몰려오면서 내게 있었던 수많은 이별들이 떠올랐던 것입니다.
아무도 모를 그 이별의 순간….

　나는 이 이야기를 나중에, 아주 나중에 들었습니다. 아무것도
먹지 않는 어린것을 보는 아비와 어미가 염려했을 것보다, 돌 지난
어린 손자의 아픈 마음이 더 아프게 왔었습니다.

　이다음에 크고 나면 물어보리라. 그때 얼마나 슬프고 또
슬펐냐고. 그래서 물 한 모금도 먹기 싫었냐고. 녀석은 세상에
나와 익숙하게 된 친밀한 것들과의 첫번째 이별의 아픔을
기억할까?

손자(2)

손자놈이 미국에서 만난 첫 친구는 빌 할아버지와
스윗피입니다. 빌 할아버지는 바로 옆집에 사시는 분으로 80세가
넘은 덩치가 크고 걸음이 느리지만 편안한 얼굴과 느릿느릿하게
웃으시는 퇴직한 교수입니다. 스윗피는 빌 할아버지와 항상
함께 산보를 하는, 키가 빌 할아버지의 허리만큼이나 되는 큰
개입니다.

제 나라 말도 제대로 하지도 못할 뿐더러 말도 통하지도 않는,
모든 것이 낯선 곳에서 어떻게 지내는지 내심 걱정이었는데 아,
그런데 이 어린놈도 가자마자 친구가 생겼던 것입니다.

익숙한 것은 초록색과 나무의 모습, 하늘의 색과 물, 꽃,
내리는 비와 낮에 부는 바람과 해와 달 그리고 밤에 뜨는 달,
비오는 소리 등인데, 피부색도 다른 사람들이어서 어떻게
지내는지 내심 걱정이었는데 가자마자 친구가 생겼다니 얼마나
기쁘고 대견했는지 모릅니다.

누구든지 어른, 아니 철이 좀 들고 생각을 하고 선택과 판단을
할 수 있을 정도가 되면 외로움과 고통과 배고픔과 추위와
더위, 통증까지 다 조절하며 지냅니다. 사람에 따라 상황에 따라
해결방법이 달라서 그렇지, 생각이 생기면(19세 이상, 굳이 어른이라
하지 않아도) 자신이 살아야 하기 때문에 어찌해서라도 문제를
해결한다는 것을 알게 되었습니다. 그래서 부모나 아내, 남편,
선생님이 하는 염려가 기우라는 것 알게 되었습니다.

그러나 돌만 지나고 간 녀석이 뜨겁고 긴 여름, 이방에서의

첫여름을 그 할아버지와 스윗피와 함께 지내고 있었습니다. 빌 할아버지가 때론 손자놈을 불러내시기도 하고 또 산보하시는 할아버지의 모습을 보면 손자녀석이 나가기도 한다는 것입니다.

둘이 만나 무슨 이야기를 할 수 있겠는가? 우선, 두 사람은 언어가 전혀 통하지 않습니다. 그런데도 그냥 두 사람은 아무 말 없이 아파트 주변을 걷기도 하고 또 같은 벤치에 앉기도 한답니다. 어떤 때는 할아버지가 앉으시는 벤치의 고정석에 손자녀석이 냉큼 앉으면 할아버지께서는 슬그머니 옆으로 옮겨 앉으신답니다.

사실 손자녀석에게 할아버지는 처음 경험이었습니다. 그리고 그렇게 큰 개를 가까이서 보는 것도 처음이었습니다. 그런데 그 스윗피를 이녀석이 얼마나 좋아하는지 처음 보자마자 끌어안아, 정말 첫 친구가 되었던 것입니다. 말이 통하지 않아도 그렇게 마음을 나누고 전하고 받는구나 하는 것을 알 수 있었습니다.

아직 두 돌도 지나지 않은 그 어린놈이 가르쳐주지 않았는데 친구를 만들 수 있었고 외로움을 해결하는 대상을 정했던 것입니다. 민족도, 피부색도, 나이도, 언어도 아무 관계가 없었습니다. 그렇게 하루에 거의 두 번씩 이들은 산책을 했던 것입니다. 뿐 아니라 빌 할아버지는 아파트 내에서도 차 조심하는 것을 그렇게 몇 번이나 주의 깊게 가르쳐주셨답니다.

그런데 요사인 상황이 달라졌다고 합니다. 그 할아버지가 연세도 점점 드시면서 거동이 불편해 문밖출입을 거의 아니 하시려고 한답니다. 그러면 옆집 할머니께서 부탁을 하신답니다. 이제 네 돌이 지난 아이에게. 함께 놀아달라고 해서 집 밖에

나오게도 하고 스윗피를 핑계 삼아 집 주변을 돌아다니게
하신답니다.

그들은 그렇게 서로를 위하며 도우며 나누며 지냅니다.

언제까지 그렇게 지낼지 우리는 모릅니다. 90을 바라보는 빌
할아버지와 네 돌 지난 놈과 스윗피의 우정이 부럽습니다. 미국
할아버지와 한국 아이의 우정이 귀하고 감사합니다. 오래오래
지속되기를 바랍니다. 빌 할아버지가 가르쳐주실 또 다른 이별도
경험하게 될지….

알리사의 고통, 그러나 행복한 사랑

1895년 파리에서 태어난 앙드레 지드는 일찍부터 문학에 관심을 보인 청년 문학도였습니다. 문학에 대한 그의 관심은 결국 그를 20세기의 대작가로 평가받게 합니다. 그가 남긴 작품으로는 『배덕자』『전원교향곡』『교황청의 지하도』『사전꾼들』『지상의 양식』 등이 있습니다.

어느 작가나 마찬가지겠지만 작가에 대한 평가는 그들이 남긴 작품으로 되고, 작품의 평가는 독자가 합니다. 지드의 작품들은 신앙의 갈등, 끊임없이 도전하는 영혼의 지고성, 정신적 방황과 호기심의 흔적 등을 다루고 있어 한편으로는 극찬을 받으면서 다른 한편으로는 공격을 받았던 것입니다. 특히 그는 인간의 내면에 감추어져 있는 인간의 참모습을 찾아내고 그것을 표현하려고 끊임없이 노력한 작가라고도 할 수 있습니다.

앙드레 지드의『좁은 문』이라는 작품에서 우리는 제롬과 알리사라는 특별한 사람을 만날 수 있습니다. 이들은 우리와 같은 평범한 사람입니다. 그런데 이들의 삶에는 기쁨과 소망도 있지만 그에 버금가는 인내와 고통과 또 다른 소망으로 채워집니다.

제롬과 알리사는 사촌지간인데 이 둘은 서로 사랑하게 됩니다. 손위의 사촌누이를 사랑하는 제롬은 그 사랑이 너무 귀하여 직접적으로 표현하지 못하지만 알리사는 제롬의 깊은 사랑을 느낍니다. 제롬의 강한 사랑이 우회적이며 소극적으로 표현되는 과정에서 알리사의 동생 쥘리에트는 제롬을 사랑하게 됩니다. 제롬은 쥘리에트가 자신을 사랑하는 줄 알지 못하지만 알리사는 제롬에 대한 쥘리에트의 사랑이 얼마나 심각한지 알게 됩니다. 알리사에 대한 제롬의 사랑이 깊어질수록 알리사의 고통도 점점 깊어집니다. 이러한 알리사의 고통을 모르는 채 제롬은 알리사에게 구혼을 합니다. 하지만 그에 대한 알리사의 대답은 항상 모호하였고 직접적인 대답은 피하였지만 제롬은 언제까지 기다립니다. 그가 알리사를 사랑하는 것만큼 알리사가 자신을 사랑하고 있음을 확신하였기 때문입니다.

그러나 이들의 사랑은 알리사 어머니의 죽음, 아버지의 병, 제롬에 대한 쥘리에트의 사랑, 쥘리에트의 결혼 등으로 어긋나기만 합니다. 그러나 더 깊은 이유는 알리사의 영혼의 방향이 아니었던가 싶습니다.

사랑하면서도 감정을 절제하고, 감정을 절제하는 것이 언어를 절제하는 것으로 드러나는 알리사를 보면 다분히 위선적인 태도라 보일 만큼 그의 인내와 자기절제 능력은 놀랍습니다. 한 인간에 대한 사랑을 그처럼 절제할 수 있었던 것은 그녀의 마음에 사랑이 없어서도 아니고, 제롬에 대한 사랑이 부족해서도 아니며, 사람을 사랑하는 것에 대한 가치가 낮아서도 아닙니다. 제롬에 대한 알리사의 사랑이 깊어갈수록 알리사는 하나님께 더 깊은 신뢰와 우정과 사랑을 바칩니다.

한 인간을 사랑하면서 갖는 욕망과 그리움과 집착에서 자유스러워지기 위해 알리사는 얼마나 고통 가운데서 자신과 싸웠는지 모릅니다. 그 고통은 다시 감사로 변하고 알리사는 제롬에게 사랑하는 사람을 보내주심에 감사드립니다. 제롬에 대한 그리움과 사랑이 깊어갈수록 알리사는 더 깊이 하나님께 다가갑니다. 알리사는 영원히 변치 않는 사랑을 선택하였던 것입니다.

그렇게 깊이 다가갈 수 있었던 것은 제롬을 깊이 사랑하였기 때문이리라. 세상이 변하고 사람이 변하고 나를 사랑하던 네가 변했다고 합니다. 그러나 더 깊이 살펴보면 우리가, 내가 변한 것입니다. 알리사는 그것을 알았던 것입니다.

알리사가 병상에서 쓴 일기들을 보면 제롬에 대한 그녀의 사랑이 얼마나 처절했는가를 느낄 수 있습니다. 그 깊은 그리움과 외로움이 하나님께 더욱더 간구하는 힘이 되었음을 알게 됩니다. 제롬을 사랑하였기에 하나님을 더 깊이 온전히 받아들일 수 있었던 알리사. 누가 알리사의 고뇌와 사랑의 깊이를 알았을까, 그분 외에는….

온전한 사랑

"사랑으로 무엇을 할 수 있는가"를 새삼스럽게 묻는 사람은
없을 것입니다. 사랑이 가지고 있는 무한하고 위대한 힘을 우리는
매일매일 체험하면서 살고 있기 때문입니다. 많은 사람들이
사랑에 대한 것을 수없이 이야깃거리로 삼았지만, 아직도
이야기할 거리가 많은 것은 그만큼 인간에게 사랑은 본능과 같은
것이고 삶의 원천이기 때문일 것입니다.

톨스토이가 71세에 썼다는 소설 『부활』은 지금부터
거의 100년 전에 쓴 이야기입니다. 그런데도 오늘 읽어도
전혀 옛날이야기 같지 않은 것은 삶의 본질적 문제에 대하여
이야기하고 있기 때문일 것입니다. 인종과 문화적 배경과 풍습과
제도뿐 아니라 시대와 공간을 넘어 모든 인간들에게 보편적인
문제는 "어떻게 살 것이냐"일 것입니다.

과거의 삶을 살피고, 그 삶에서 잘못된 것을 발견하고 그것을
바로잡기 위해 지금까지의 모든 것을 버리고 이제와는 다른
인생을 살기로 결단하는 것은 쉬운 일은 아닙니다. 그것은 용기와
결단력과 행동이 따라야 되기에 더욱 힘듭니다.

우리는 『부활』의 네흘류도프에게서 어디까지 철저하게
자신을 버릴 수 있으며 어떻게 사랑을 할 수 있는지를 발견할 수
있고, 인간에게 사랑은 어떠한 것을 가능케 하는가를 『부활』의
카튜사를 통해서 알 수 있습니다.

카튜사 마슬로바는 사생아로 태어났지만 네흘류도프의
고모들에 의해 귀족의 양녀처럼 성장합니다. 그래서 그녀는

아름다운 품성과 교양과 도덕적 가치를 지닐 수 있었지만, 청년 네흘류도프의 일시적 욕망으로 저질러진 행위로 카튜사는 불행한 삶을 살게 되는 사람으로 전락하고 맙니다. 그후 카튜사는 살기 위해 여러 가지 일을 하다가 결국 살인절도죄의 누명을 쓰게 되고 법정에서 유죄판결을 받고 유배지로 떠납니다. 그런 카튜사와 자신을 구하기 위해 네흘류도프는 새로운 생활을 계획합니다. 쾌락과 호화와 안일과 편리함을 추구하던 생활에서 있는 그대로를 받아들이며 꼭 필요한 것이 아니면 버릴 수도 있다고 생각하며 실천합니다. 자신의 정신을 고양시키고 생활의 기쁨과 마음의 편안함을 가져다주는 것이면 무엇이든지 기꺼이 하겠다는 좋은 결심을 하고 이제와는 다른 생활양식을 갖게 됩니다.

욕망을 위한 소유 대신에 나눔과 베풂을, 쾌락의 안일 대신에 정신적 자유와 도덕적 행위를, 세상의 제도와 풍습에 얽매여 살기보다는 속물근성에서 벗어나 자유를 얻고자 합니다.

네흘류도프의 이러한 변화는 자신의 과거를 바로 볼 수 있었기 때문이며, 무엇이 잘못되었는지를 냉정하게 깨달았기 때문이며, 자신과 이웃을 위해 어떻게 하는 것이 바른 것인가를 알고 그것을 행동으로 실천할 수 있는 용기가 있었기 때문이었습니다. 그리고 카튜사가 가진, 인간에 대한 그릇된 인식과 자신에 대한 부정적 생각들을 변화시키기 위해서는 어떻게 해야 할 것인가를 깊이 깨닫고 또한 진심으로 행동으로 옮깁니다.

카튜사를 구원하는 일은 바로 자신의 죄를 용서받는

것이었고 자신을 구원하는 것이었습니다. 자신의 감정과 생활을 절제하여 삶을 고양하는 것은 바로 카튜사의 삶을 고양시키는 것이었습니다. 카튜사는 육신만 만신창이가 되어 더럽고 냄새나는 감옥에 있었던 것이 아니라 그녀의 영혼도 이미 상처받아 분노와 절망과 미움으로 가득 찬 채 감옥에 갇혀 있었던 것입니다.

우리는 이러한 네흘류도프와 카튜사의 삶과 관계를 통해 많은 것을 깨닫게 됩니다.

인간이 가지고 있는 무한한 가능성과 그것을 완성하려고 하는 의지와 태도, 용기와 절제와 단호함. 어떠한 환경에서 인간이 사는가보다는 어떤 정신을 가지고 있는가가 더 중요하며, 무엇을 얼마나 가지고 있는가보다는 그 소유를 어떻게 사용하는가가 더 중요하고, 인간이 만든 제도는 인간을 결코 편리하게 하는 것이 아니라 인간의 욕망을 채우는 수단일 뿐이라는 것도 말해 줍니다. 인간이 다른 사람의 죄의 유무에 대해 판단할 수 없으며 그 판단의 행위 자체가 죄일 수 있다는 것도 톨스토이는 이 작품으로 말합니다. 인간을 변화시킬 수 있는 것은 사회적 제도나 신분이나 징계나 자유의 박탈이 아니라 온전한 사랑이라는 것을 네흘류도프의 행동을 통해 증명합니다. 즉 온전한 사랑이 사람을 변화시키며, 그 변화는 어떤 사람이든지 가능하다는 것을 수긍하게 되는 까닭은 무엇일까.

그것은, 우리는 하나님께서 하나님의 속성대로 빚은 피조물이기 때문이리라.

용서받을 수 있나요?

책을 읽으며 명작과 고전의 차이는 어디에 있을까 때론
자문합니다. 그것은 널리 알려져 있지만 두고두고 읽을 만한 것이
있고, 또 알려진 그것으로 끝나 버리는 책이 있기 때문입니다.
미우라 아야코(三浦綾子)는 소설가로도 알려져 있지만 하나님의
사랑과 그리스도의 존재를 증명하는 내용의 글을 많이 쓴
작가로도 알려져 있습니다.

미우라 아야코의 『빙점』은 오래전에 우리나라에 소개되었던
작품입니다. 깊이 있는 철학적 명상과 우주의 인간의 존재에
대한 심오한 사상을 다루고 있지는 않지만 인간의 죄와 이기성,
잔인성 그리고 사랑과 용서의 문제를 진지하게 다루고 있는 것을
작품의 통해서 알 수 있습니다. 인간의 추악한 모습과 성스러운
모습, 비열한 모습과 존경스러운 모습, 공포, 미움, 질투, 배반 등의
심리묘사를 치밀하면서도 사실적으로 하고 있어 숨겨진 우리의
모습을 들여다보게 합니다.

미우라 아야코가 『빙점』을 통해서 말하고자 한 것은 인간의
이기적이고 자기중심적인 부정적 모습을 통해서 누구에게든지
용서받기를 원하는 나약한 인간은 너나 할 것 없이 죄가 있기에
타인을 함부로 판단할 수 없다는 준열한 판단과 죄를 용서받기를
원하면 용서받을 수 있다는 것 그리고 우리의 죄를 용서해 줄 수
있는 존재는 우리 가까이에 있다는 것을 상기시키고 있습니다.

한 여성이 자신의 신분과 처지를 망각하고 욕망에 사로잡혀
잠시 허튼 행동과 생각을 하는 사이에, 자신의 딸이 낯선 남자의

손에 끌려 죽음을 당합니다. 이 사건으로 말미암아 이 집안에 넘쳤던 편안하고 행복한 분위기는 사라지고 보복과 질투와 의심, 분노로 가득 차게 됩니다. 자신이 저지른 죄를 보상하려는 심정으로 입양을 하지만, 오해로 말미암아 천진하고 사랑스러운 양녀 요오코에게 잔인한 행동을 하게 됩니다.

이 작품 속에는 많은 인물들이 등장하고 그 인물들은 모두 교양과 학식을 갖춘, 소위 최고의 인격자라 할 수 있는 사람들이지만 그들의 행위는 그렇지 못합니다. 한 인간이 마음속에 질투와 의심과 분노, 즉 죄 된 생각을 가지게 될 때, 그것은 자신만의 불행으로만 끝나는 것이 아니라 이웃이나, 또는 아무런 관계가 없는 엉뚱한 사람에게도 피해를 주게 되는 것을 알 수 있습니다.

자신에 대한 남편의 말없는 질책과 불신, 끊임없이 솟아나는 아내에 대한 불신을 없애지 못하는 남편, 한 순간의 쾌락적 행위로 말미암아 태어났기에 버림받아야 하였던 요오코, 요오코를 사랑하는 이복오빠. 이 모든 관계는 한 인간의 죄에서 시작된 것입니다.

'나' 하나가 얼마나 중요하며 '내'가 하는 생각과 '나'의 마음이 어느 쪽으로 향해 있는가에 따라 우리는 주변을 천국으로 혹은 지옥으로 만들 수 있다는 것을 잊었던가?

인간이 가지고 있는 세속적인 소유는 죄의 문제를 해결해 줄 수 없고, 너나 나나 죄인임을 새삼 깨닫게 합니다. 우리의 범죄행위는 특수한 환경이나 드물게 일어나는 현상이 아니라, 우리의 생활 속에서 항상 발생할 수 있다는 것을 또한 알게 합니다. 외부세계의 존재방식만 대립되어 있는 것이 아니고 우리의 내면도 서로 다른 두 종류의 얼굴을 가지고 있음을 어떻게 부인할 것인가. 그럼에도 불구하고 우리의 죄를 용서해 주신 사랑의 행위로 말미암아 우리는 용서받지 않았던가.

죄의 추악함과 범죄의 회수에 관계없이 지금도 많은 사람들이 부르짖고 있습니다. "용서받고 있다고, 용서받을 수 있느냐"고. 그분은 무엇이라 대답하겠는가?

이솝의 이야기들

　하나님께서 아담을 창조하고 나신 뒤 모든 생물을 창조하시고 아담에게 이름을 짓게 하셨습니다. 그리하시면서 모든 것을 다스리라 하셨습니다. 얼마나 인간을 사랑하셨는가를, 인간에게 얼마나 많은 것을 허락하셨는가를 보여주시는 일입니다.

　그래서 자연은 우리와 분리해서 생각할 수 없고 인간은 자연을 통해서 많은 것을 얻게 되는 것인지도 모릅니다.

　꽃과 물과 산과 강과 들판과 구름과 바람 등은 아름다움과 교훈을 줍니다. 자연이 우리에게 주는 교훈. 존재하는 그 자체로 가르쳐주고 있습니다. 꽃의 핌과 떨어짐, 겨울의 끝과 봄의 시작, 물의 낮은 데로 흐름, 빛과 어둠의 실태 등 그냥 보기만 해도, 그래서 조금만 생각해도 우리는 그 말없는 자연을 통해서 무한한 깨달음을 얻을 수 있음을 알게 됩니다.

　이솝의 우화도 바로 자연을 통해서 우리에게 교훈 주기를 즐겨하는 경우입니다. 우화란 본시 어리석은 사람들의 삶을 통해서 만들어진 보통사람들의 이야기라서 다른 양식의 문학과는 성질이 다릅니다. 그러기에 우화는 이상적인 덕목이나 완전한 인격을 갖추는 데 도움이 되기보다는 사람들의 행동을 관찰한 결과에 의하여 얻어낸 세속 지혜와, 신중한 조심성을 당부하는 권고 이상의 의미는 없다고 합니다. 그러기에 터놓고 부도덕한 일을 권장(?)하는 경우가 있는가 하면 꾀로 상대방을 누르는 것을 가르쳐주기도 합니다. 강자에게 굽실거려 실속 차리기를 권하는 이야기도 있습니다. 이러한 우화가 사람들의 입에서 입으로 전해진 것은 기원전 7~8세기경부터이며, 기원전 3세기경에는 우화집이 만들어졌다고 합니다.

이솝의 우화는 이러한 우화의 대명사로 알려져 있습니다. 그래서 이솝의 우화가 아님에도 대부분의 우화는 이솝의 것으로 간주하게 됩니다.

이솝에 대하여 정확하게 알려진 바는 없지만, 실존하였던 인물임에는 틀림이 없다고 전해집니다. 그는 노예였지만 지혜로움을 높이 산 그의 주인이 자유를 주었는데, 결국은 신성모독죄로 고발되어 바위에서 내동댕이쳐져 죽었다고 합니다. 이솝은 비상한 재주와 재치는 있었으나 매우 추남이었고, 기형이었으며 말더듬이라는 얘기도 함께 전해지고 있습니다.

이솝이 죽은 후에도 많은 우화가 만들어졌으며 오늘날 우리에게 전해지고 있습니다. 그런데 사람들은 이솝 이후의 우화도 이솝이 만든 이야기로 여기고 있는 것이 많이 있습니다.

이솝우화를 비롯하여 대부분의 우화는 동물이 중심이 되어 있고 때론 태양, 바람, 강 등 자연을 중심으로 꾸며져 있습니다. 이것은 인간과 자연의 친밀한 관계를 증명해 주는 하나의 예에 해당된다고도 할 수 있습니다. 문명의 혜택이나 지식이 없이도 하나님께서 허락하신 자연과 더불어 평화롭게 행복하게 살 수 있었던 것도 그 한 예이지만, 사람에게 교훈을 주기 위해 동물이나 자연의 여러 특징을 이용하였다는 것도 인간이 가진 자연에 대한 관심의 심도를 추측할 수 있게 합니다.

이솝의 우화를 통해서 얻을 수 있는 교훈은 자신의 처신에 대한 것을 비롯하여 이웃과의 관계, 환경에 대한 태도, 근면성의 문제, 성실함의 결말 들, 우리가 알고 있는 이야기만 해도 수십 자루입니다.

평온하고 검소한 생활은 호화롭게 살면서 두려움에 시달리는 것보다 낫다고 말해 주는 「읍내 쥐와 시골 쥐」, 욕심 때문에 손안에 든 것도 놓치고 마는 「손안의 토끼」 이야기를 통해서 깨닫는 교훈, 다른 사람에게 해를 입히는 자는 자신도 파멸하게 된다는 「곱빼기로 당한 유해자」, 강한 허영심은 불행의 원인이 되는 수가 많음을 알려주는 「오만은 몰락한다」, 신의 정의는 죄를 저울에 달아보고 합당한 벌을 내린다는 것을 확인케 해주는 「벌을 죄에 맞추기」, 또 신은 오만한 자를 거부하고 겸손한 이에게 은혜를 베푼다는 「정복당한 승리자」 등 웃음을 주면서 새롭게 자신을 둘러보게 하는 이야기들입니다.

재미로 읽으면서 생활의 깨달음과 자신을 둘러보게 하는 의도로 만들어진 이야기들이라, 심오한 깊이나 인생에 대한 깊이 있는 반성은 없습니다. 아름다운 문장으로 씌어진 이야기도 아니지만 우화는 우리의 생활과 밀접한 관계를 가지고 있고 또 우리의 기억 속에 깊이 들어와 있습니다.

교훈이 부족해서 깨달음이 없고 더디어서 우리의 삶이 황폐해지고 복잡해지고 불행하고 불안해지는 것은 아닐 것입니다. 우리에게는 넘치고 넘치는 교훈도 있고 또 수없이 깨닫게 하는 말씀과 훈계가 있음에도, 우리가 평안하지 못한 것은 몸으로 행하는 것이 없기 때문이 아닌가 합니다.

인간처럼 이성적이지도 않고 문명도 모르고 쌓아두는 보물창고가 없는데도 자연은 나고 자라고 죽기를 반복하며

그들의 존재 몫을 잘 감당하고 있습니다. 뿐 아니라 그들을
다스리는 인간에게 아우성치고 있습니다. 뭐라고 말하는지 들을
수 있는 귀도 하나님께서 우리에게 주셨습니다.

Q목사님께

오늘에서야 최인호씨가 쓴 『사랑의 기쁨』이라는 소설 읽기를 끝냈습니다. 소설을 읽는다는 것은 재미있는 일이지만, 때론 일 때문에 읽어야 될 때도 있어 부담스러울 때도 있습니다. 그러나 이번의 소설은 그런 것이 아니었습니다. 늘 일에 쫓기면서도 관심 있는 작가가 새로운 소설을 발표하였다면 읽고 싶은 욕구가 생깁니다. 이번의 경우도 그랬습니다.

최인호씨는 우리나라의 대표적인 이야기꾼으로 순수와 통속의 세계를 넘나들면서 다양한 주제로 작품을 쓰는 작가로 알려져 있어 평소에도 관심을 가졌던 작가인데다, 제목 또한 마르티니의 노래와 같은 "사랑의 기쁨"이라 관심이 끌렸습니다.

사랑이라는 말은 누구에게나 가슴 떨리게 하는 말이며, 사랑이라 말을 입에 올리는 사람의 마음에 사랑이 있든 없든 관계없이 사랑은 우리에게 늘 삶의 힘이 되고, 비밀스러운 세계로 들어가는 문이며, 기쁨과 고통으로 연결되는 통로라고 저는 생각하고 있습니다. 인간은 어떤 경우에 처해 있든지 사랑을 갈망하지요. 그래서 사랑으로 인간이 태어나고 성장한다고 합니다. 그 사랑이 때로 환상으로 있다 하더라도 많은 사람들은 사랑하는 데 열중하고 싶어한다고 생각합니다.

불혹의 나이를 훨씬 넘은 제게 아직 사랑의 환상이 남아 있는 것은 아닙니다. 아마 그분의 사랑을 몰랐다면 아직도 그 사랑이라는 것이 불가사의한 것인 줄 알고 사랑에 매달려 있었을 겁니다. 그러나 이제는 그 사랑의 환상에서는 벗어났습니다.

그분의 사랑을 통해 또 그분을 사랑하면서 사랑의 환상에서
벗어날 수 있었습니다.

사랑은 기쁨으로 오지만 때로는 고통이 따르고, 사랑하기
때문에 치르는 대가가 많고, 그 사랑으로 우리 영혼이 그늘지기도
하고 또 그것이 우리의 짐이 되어 늘 부담이 되는 경우도
보았습니다. 원래 사랑에는 소유도 욕망도 지배도 있을 수
없지만 사람들이 사람을 사랑하면서 생기는 욕망으로 사람을
소유하려고 하고 구속하기도 합니다. 어떤 경우에도 사람이
사람을 소유할 수 없는데, 사랑하는 것으로 몸과 마음과
시간까지 지배하려고 하는 욕망을 봅니다. 인간의 욕망이
사라지지 않은 사랑은 자신뿐 아니라 상대까지 고통과 파멸로
몰고 간다는 것을 알고 있습니다.

그분의 사랑을 경험하면서 깨달은 것은 원래 사랑은 아무것도
요구하지 않으며, 자유로울 때 힘이 있고, 욕망이 없을 때 그
참모습이 나타난다는 것도 알았습니다. 그리고 또 사랑은
그분처럼 우리의 있는 그대로를 받아주고 인정해 주는 것이라,
그것이 때로 가장 좋은 치료약이 될 뿐 아니라, 세상의 어떤
약보다 강한 면역성이 있다는 것도 알게 되었습니다.

외람된 말이지만 이제 제가 사랑에 대해 알고 싶은 것이
무엇이 있겠습니까? 이제 그분의 사랑으로 내 영혼을 채우는
일과 그분이 내 삶의 기쁨이 되게 하는 일 외에 무엇이
있겠습니까? 그럼에도 불구하고 소설을 읽고 싶었던 것은 작가
최인호씨가 하나님을 믿는, 기독교인이 되었다기에 그는 사랑을
어떻게 말할까 궁금하였습니다.

『사랑의 기쁨』은 이런 이야기였습니다. 남편의 불륜을 용서할
수 없어 이혼한 한 여성이 주인공입니다. 그녀에게는 어린 딸이
있었고, 그녀는 이혼하면서 딸과 둘만의 생활을 하게 됩니다.
영문학을 전공한 그 여인은 우연히 어떤 작품을 번역하게 되면서
자신의 존재를 인정해 주는 한 영문학 교수를 만나게 되고 그를
사랑하게 됩니다. 버림받았고, 그래서 늘 외롭고 쓸쓸했던 그녀의
삶에 자신을 인정하고 소중하게 여기는 한 사람이 나타나면서
그녀는 한 여성으로서 평범한 행복을 기대하게 됩니다. 사랑하는
사람끼리 행복한 삶을 꾸리는 데 아무런 문제가 없었기에, 그들은
서로에게 기쁨이 되고 소망이 되기에 행복한 미래를 기대하고
준비합니다. 그러나 자신과 어머니를 버리긴 했으나 하나뿐인
아버지를 잃게 될 것이라는 그녀의 딸 때문에 결국 자신의
사랑, 그녀가 꿈꾸며 계획하던 둘의 결혼을 포기하게 된다는
이야기입니다.

흔히 있을 수 있는 다분히 통속적 소재이지만 그 이야기
속에서 저는 우리가 그럴 것이라고 생각하였던 것을 새롭게
조명하고 있음을 알게 되었습니다.

사람과 사람의 사랑, 남자와 여자의 진실한 사랑보다 더 큰
것이 어머니의 사랑이라는 것은 너무나 상식적인 것입니다.
자식을 위해 희생하는 어머니나 남편을 위해 희생하는 아내의
이야기가 이제 점점 고전적 이야기가 되고 있는 시대이기
때문만은 아닙니다. 한 여성의 아름답고 진실한, 자신이 새롭게
찾은 삶이며 생명과 같은 사랑을 밀쳐두고, 자신의 사랑은
돌아보지 않고 상처투성이인 딸의 영혼과 삶을 치유하기 위해

자신의 모든 것을 놓아버리는 그 여인의 행위가 깊은 감동을
주었습니다.

어느 어미가 그리 아니하겠습니까마는 너를 위해 나를
놓아버리기는 쉬운 일이 아니지요. 그것이 천륜으로 이어진
관계라 할지라도 말입니다. 인간은 자신에게 가장 좋고 안전한
것, 행복한 것을 선택하는 이기적인 존재라는 것을 이미 성경을
통해서 보여주고 있지 않습니까? 한 인간으로 살면서 참 기쁨이
없었고 인간에게 배신당한 그 서늘한 가슴을 채워야 내가 살
수 있을 것인데, 그것보다 네가 더 소중하기에 나를 버리는 한
어미를 볼 수 있었습니다.

사랑에 있어서는 인간이 얼마나 강한 욕망을 보이는지
아시지요? 사랑 때문에 자기를 죽일 뿐 아니라 타인도 죽이기에
사랑이 사람에게 요구하는 힘은 가히 상상할 수 없지요. 혹시
주인공인 장유진의 사랑이 온전하지 않아서가 아닐까 생각할
수도 있지만, 결코 그렇지 않답니다. 아니, 솔직히 말씀드리면
장유진이라는 여성의 사랑이 더 감동적이었습니다. 열정적이지만
추하지 않고, 흘러넘치는 사랑이지만 남발하지 않았고,
사랑이 욕망으로 될까 절제하는 사랑이 아름답고 고통스러워
한편으로는 슬펐습니다. 그들의 사랑이 그렇게 절절하고
절대적인데도 헤어져야 하는 그 사랑이 안타까웠습니다. 그들이
헤어진들, 또 함께 산다고 한들 무엇이 달라지겠습니까?

한 여성, 아니 인간이 되기보다는 어머니로만 살기로 작정하고
고통과 인내, 고독의 길을 선택한 장유진이라는 여성이 오랫동안
머릿속에 남아 있었습니다. 그리고 또 하나는, 사랑은 눈으로

보지 않아도, 서로 원하는 것을 갖지 않아도 지속된다는 것을 이 이야기로 다시 확인할 수 있었습니다.

인간의 사랑을 어찌 감히 그분의 사랑과 비교할 수 있겠습니까? 그러나 제가 어머니의 사랑과 그분의 사랑이 유사하다 하더라도 경망스럽다고 나무라지 않으시겠지요. 언젠가 하신 이야기가 생각납니다. 하나님이 각 가정에 계셔야 되는데 그리할 수 없어서 어머니를 보내셨다고 하셨지요. 어머니의 큰사랑도 배웠지만 욕망으로 시작되고 키우는 남녀 간의 사랑이 헌신과 희생으로 드러날 때 더 아름답고 큰 생명력이 있다는 것을 알게 되었습니다.

작가 최인호씨도 하나님의 사랑을 이런 이야기를 통해서 말하고 싶었던 것이겠지요. 사랑이 주는 교훈은 죽는 그날까지 귀담아들을 수 있을 만큼 크다는 것을 인정하지 않을 수 없습니다. 그래서 사람이 흙으로 돌아갈 때까지 사랑에서 헤어날 수 없다는 것도 또다시 확인하게 되었습니다.

꿈을 위한 비상

자, 먼저 이렇게 물어봅시다. "그대들의 꿈은 무엇인가?"라고.

어린 시절에 어머니나 할머니, 삼촌이 물어보시던 말씀들이 있습니다. "넌 커서 무엇이 되고 싶니?" 하면 때론 '간호사 언니' '선생님' '소방서 아저씨' '우체부 아저씨' '기관사' 등 동화 속에 등장하던 여러 사람들을 기억해 내며 그대들의 꿈을 말하던 시절이 있었을 겁니다. 그러나 그것은 동화 속의 인물이 되고 싶은 꿈과 함께 있었던 것이었습니다.

점점 커가면서 무엇을 하고 싶다, 무엇이 되고 싶다는 생각이 구체화되는 것입니다. 우리가 무엇을 할 수 있는가, 무엇을 해야 하는가와 관계없이 막연히 미래의 자신을 구체화하면서 우리의 꿈은 영글지 않았을까요?

그 꿈을 기억하면서 리처드 바크의 『갈매기의 꿈』에 대하여 생각해 봅시다.

발표되자마자 곧 관심과 화젯거리가 된 『갈매기의 꿈』은 그만한 이유가 있었습니다. 산업화에 따른 환경 속에서 인간의 소중한 꿈이 잊혀가고, 왜소해지는 인간의 존재에 새로운 경각을 불러일으키는 충격적인 내용이 산업화 시대에 점철되어 있기 때문이었습니다.

꿈, 소망, 희망이 있다는 것은 존재하는 것의 이유를 분명하게 해준다고 생각합니다. 사람을 성장케 하는 것이 사랑이라면, 꿈은 삶을 포기하지 않고 지속케 하는 원동력으로 삶에 작용하고 있습니다. 그 꿈에 대해 말하고 있기에 『갈매기의 꿈』은 많은 관심의 대상이 된 것입니다.

리처드 바크는 조나단 리빙스턴 시걸이라는 어린 갈매기를
통해서 많은 것은 시사하고 있습니다. 먼저는 우리의 꿈의 한계가
어딘가라는 것을 제시하는데, 꿈은 한계가 없다는 것입니다.
즉 무한하다는 겁니다. 자유란 그러하기에 있는 것이며, 각자가
추구하는 꿈을 제한하는 것은 그것이 어떠한 형태의 것이든지
자유일 수 없다고 외치고 있습니다.

그러기에 꿈은 "어선에서 빵부스러기를 얻으려고 지극히
단조롭게 노력하는 것보다 살기 위한 이유가 또 있다"라는
근원적인 것에 뿌리내리고 있어야 합니다. 존재이유에 대한 물음,
"왜?"가 있어야 하는 것입니다.

조나단은 자신에게 있는 날개, 그 날개를 가지고 할 수
있는 것을 생각합니다. 더 높이, 더 빠르게, 어디든지, 어떠한
방향으로든지 자신이 가고 싶은 곳과 날고 싶은 속도를 낼 수
있을 때까지 수없이 노력합니다. 그것이 자신의 존재이유라고
생각하였기 때문입니다. 바다 언저리에서 서성거리며 먹이를 얻기
위해 사는 것으로 만족할 수만은 없다는 깨달음, 그 발견으로
비록 동료와 가족으로부터 축출되는 고통을 당하지만, 그는 꿈은
어떤 대가를 치르지 않고는 실현할 수 없다는 것을 알고 있었기
때문입니다.

이 글이 우리에게 말해 주는 또 하나는, 우리 속에 있는
무한한 가능성의 발견에 대해서입니다. 관습과 타성에 젖어,
이미 있는 것으로 만족하며 도전하지 않는 의식과 삶의 태도의
변화를 요구하고 있습니다. 우리 속에 있는 무한한 가능성,

그것은 하나님이 인간을 창조하실 때 이미 하신 일입니다. 당신의 속성대로 빚으신 인간인데, 우리가 왜 주저해야 하는가라는 것입니다. 새로운 것에 늘 도전하는 생각과 자세를 갖는 자의 꿈만이 완성된다는 것을 잊지 말아야 할 것입니다.

우린 때로 자신의 잠재력과 가능성을 외면하고 환경과 제도와 사람을 탓하는 수가 얼마나 많은가. 우리에게 제한이란 스스로에 의한 것이지, 그 무엇도 우리의 꿈을 제한할 수 없다는 것을 이 글을 읽으면 깨닫게 됩니다.

새의 본질은 나는 것이며, 그는 날기 위해 존재하고 존재키 위해 납니다. 그렇다면 우리에게도 꼭 해야 될 그 무엇이 있을 것입니다. 하나님께서 우리들 각자에게 주신 소중한 꿈이 분명히 있을 것입니다. 그와 더불어 꿈을 이룰 수 있는 여러 재능도 이미 주셨을 것입니다. 그러기에 그 꿈은 이미 내게 주신 능력으로 최상의 노력과 함께 영글어야 합니다. 때론 좌절, 고통, 회의, 나태, 권태, 포기 등이 우리를 엄습하겠지만 그런 것들을 극복하지 않고 우리의 소중한 꿈이 어떻게 이루어질 수 있겠는가.

"높이 나는 새가 멀리 볼 수 있다"는 말을 기억하며 그대들의 꿈을 더 높게, 더 크게 가져라! 그리고 그것을 위하여 수없이 넘어지더라도 일어서서 다시 도전해야 합니다. 그대의 꿈이 만약 실현되지 않으면 그것은 환상으로 끝나버리는 허망한 것이 되기에, 우리의 꿈이 환상으로 끝날 수는 결코 없습니다. 우리의 꿈속에는 늘 우리와 동행하는 예수, 그분이 계시기 때문입니다. 10대들이여 더 높이 비상하라. 더 멀리 보기 위해.

누구에게 길들여져야 하나?

1900년 프랑스 리옹에서 출생한 생텍쥐페리가 작가로
알려지기 시작한 것은 그의 나이 30세가 되어서였습니다.
그는 작가로서 작품을 창작하는 일로 일생을 살았다기보다는
비행기 조종사로 짧은 일생(1944년 비행사고로 작고함)을 살았던
사람입니다. 그러나 그의 소설의 모든 내용은 비행사로서의
생활을 통해서 얻은 경험이었고, 그가 비행기 조종사 일도
사명감과 애정이 바탕이 된 가운데 하였던 만큼 소설 쓰기도 그
일 못지않게 사랑하였습니다.

탁월한 상상력과 환상적인 내용으로 전개되는 『어린 왕자』는
마지막 책장을 덮고 난 후에도 오랫동안 기억해야 될 의미 있는
이야기를 하고 있습니다. 이 작품은 여느 소설과 달리 어린이를
위해서 쓴 동화처럼 여겨지지만 그 내용은 어른의 문제를 다루고
있습니다.

작은 별에서 온 어린 왕자의 눈에 비친 어른들의 모습. 숫자를
좋아하고, 설명을 해야만 모든 것을 이해하며, 자기가 직접 보지
않고 알지 못하는 것은 모두 부정하는 이기적인 모습. 그러기에
어린아이들이 어른을 더 많이 이해해 줄 수 있어야 한다는
것입니다.

세상에 가장 많은 사람은 허영심이 많은 사람이며, 그다음이
술꾼, 장사꾼, 가로등 거는 사람, 지리학자, 왕의 순서인데 이들의
특징을 매우 상징적으로 표현하고 있어 글을 읽는 사람으로
하여금 끊임없이 생각하게 합니다. 그러면서 한편 우리가 잊고

있었던, 미처 발견하지 못했던 것을 알려주기도 합니다. 꽃은 무엇을 두려워하는가, 사막은 왜 아름다운가, 어른이라는 존재는 무엇인가. 이러한 것이 우리의 삶을 어떻게 유도할 수 있는지에 대해서도 논리적이지는 않지만 바른 대답을 제시하고 있습니다.

그러나 때론 우연히 읽은 한 줄의 글에서, 드문드문 떨어지는 물방울을 보면서, 무심코 쳐다보는 밤하늘에서 의식 깊숙이 묻혀 있는 그 무엇을 발견케 되는 경우가 많습니다. 이 글은, 어른은 어른대로 청년은 청년대로 글을 읽는 사람의 연령에 따라 삶을 반성하고 준비하게 하는 글이 아닌가 싶습니다.

"마음으로 보지 않으면 아무것도 볼 수 없다"는 말이 이제까지의 여러 가지를 반성케 하고 흐트러진 일상의 태도를 가다듬게 합니다. 눈으로만 보려고 하고, 보이는 것이 전부라고 단정해 버리는 오늘날 우리들의 경박함. 이 경박함과 속됨으로 참된 것을 발견하지 못해 경험하는 건조함과 거침이 없어지는 온유함과 따뜻함. 그래서 정신적 가치보다는 물질적 풍요를, 물 흐르는 소리와 바람 소리보다는 성정(性情)을 어지럽히는 랩 음악을 더 좋아하는 오늘날의 세태.

하나님께서 인간을 창조하셨을 때의 상태가 어떠하였을까가 가끔 궁금합니다. 어린아이의 순진무구함은 당연한 것이지만 어른이 되어서도 인간이 어떻게 살기를 바랐을까를 생각해 본 것이 있는지. 이 글은 하나님께서 우리에게 주신 이웃과 그 모든 것에 대하여 우리가 어떻게 관계 맺어야 하는가의 방법을 찾게 하는 글이 아닌가 싶습니다.

오랜 인내를 가지고 바라보며 관계 맺은 대상이 있는지,

그대의 소중한 시간을 소비한 덕으로 그대 삶에서 가장 소중하다
여길 그 무엇이 있는지, 그대가 언제까지 책임져야 할 그대에게
길들여 있는 것이 있는지. 그러면서 문득 이러한 물음이
일어났습니다. 참으로 나는 그분께 길들여 있는지.

안톤 슈나크, 우리를 슬프게 하는 것들

우리는 수없이 많은 기쁨과 슬픔(?)의 순간을 늘 경험합니다. 친구의 기분 좋은 말 한마디, 따끈한 우유 한잔, 텅 빈 시내버스, 호주머니 속에 남은 토큰 두 개 그리고 갖고 싶은 목도리를 선물 받았을 때 우리는 기쁨을 느낍니다. 그러나 그에 못지않게 우리를 우울하게 하는 순간도 많습니다. 내가 무심코 던진 말 한마디가 친구의 기분을 우울하게 하였을 때, 자신의 진심을 몰라주는 어머니의 잔소리, 오랫동안 소식 없이 기다리게 하는 친구가 그렇습니다. 그런데 이러한 순간들을 더 깊은 통찰력으로, 그리고 삶과 인간과 자연을 바라보고 자신의 깊이 있는 사유의 세계를 서정적인 표현으로 솔직하게 묘사한 작가가 바로 안톤 슈나크입니다.

독일 남서부 라인강 지방 프랑콘에서 태어난 안톤 슈나크는 『우리를 슬프게 하는 것들』이라는 수필집으로 알려져 있습니다. 그는 우리가 미처 깨닫지 못할 뿐 아니라, 또 너무 작고 사소하여 무심히 보내는 그러한 순간들과 사물들에서 깊고 심오한 의미를 발견하여 정감 있는 표현으로 자신의 경험세계를 그려내고 있습니다. 그의 글을 읽으면 우리가 만나고 있는 사람들과 우리를 둘러싸고 있는 우주, 우리가 경험하는 수많은 일들이 우리의 삶을 얼마나 풍요롭고 아름답게 할 수 있는지를 깨닫게 됩니다.

『우리를 슬프게 하는 것들』은 안톤 슈나크가 쓴 한 편의 수필이지만, 이 한 편의 글 속에서 그의 과거의 경험세계와 인생관, 세계관을 엿볼 수 있습니다.

그는 이미 어린 시절에 자신의 내면에 있는 힘과 생명력을 감지하였고, 그 속에서 자라고 있는 수많은 아름다운 것들을 발견하였습니다. 그는 사랑하는 아버지에게서 나무의 고향이 자연이라는 사실을 어느 날 숲에서 듣게 됩니다. 어린 시절 친구들의 성장과정과 불행했던 청년기의 종말을 보며 깨닫게 되는 인간의 삶 속에 내재된 운명적 고통. 어떤 아저씨의 편지를 읽으면서 결코 고향을 떠나지 않겠다고 다짐하는 소년의 소박하지만 진지한 결심의 순간. 사랑에 눈뜨고 사랑을 시작하면서 경험하게 되는 첫 입맞춤.

이러한 것들이 섬세하면서도 정갈하게 표현되어 있고, 서정적이면서도 철학적인 깊이를 가지고 묘사되어 있습니다. 뿐만 아니라 사소한 일상적인 일에서 인생의 심오한 교훈을 발견하는 지혜를 볼 수 있습니다. 아주 사사로운 경험을 솔직하게 그려내면서도 객관화시키는 서술적인 태도가 우리로 하여금 그의 세계로 끌리게 하는 요인이 되기도 합니다.

물론 21세기를 눈앞에 둔 오늘날의 현실에서 안톤 슈나크의 작품이 우리에게 주는 감동은 훨씬 덜할 수도 있습니다. 그것은 이미 강하고 큰 것에 익숙해진 우리의 습관에서 비롯된 것일 수도 있고, 이미 황폐해진(?) 것처럼 보이는 자연의 여러 현상에서 기인한 것일 수도 있습니다. 또한 우리 자신이 우리의 이웃에게 주는 감동이 적어졌듯이 우리가 우리의 이웃에게서 받는 감동 또한 적어졌기 때문일 수도 있습니다.

문명이 우리에게서 우리가 지켜야 할 고향을 빼앗아갔고, 향기 가득한 울창한 숲 대신에 매연 속의 회색건물을 남겼지만,

우리에겐 결코 변할 수 없는 것이 있지 않은가. 고향을 그리워하는 마음, 숲을 사랑하는 마음, 아름답고 향기로운 꽃을 찾는 마음이 아직은 남아 있지 않은가. 다만 우리가 더욱 크고 찬란하고 자극적이고 빠르기만 한 것을 추구하고 있기 때문에 풍요로운 물질 속에서 궁핍함과 초라함을 느끼는지도 모릅니다.

그러나 무엇보다도 우리에게 있는 것, 하나님께서 주신 그 원래의 것으로 만족하지 못하는 데서 오는 궁핍함이 우리를 더 슬프게 할 수도 있습니다. 수많은 이웃 중에서 마치 사랑할 대상이 하나도 없는 것처럼 쓸쓸하게 하는 우리의 어리석음이 우리를 슬프게 할 수 있습니다. 밤하늘의 별들, 뜨고 지는 찬란한 태양이 있는 넓은 우주공간보다는 밀폐된 공간을 찾는 우리의 폐쇄된 생각이 우리를 더욱 슬프게 할 수 있습니다. 있는 그대로의 것을 보고 즐기고 보존하기보다는 꾸미고 소유하려는 경박함이 우리를 슬프게 할 것입니다.

아니 어찌 우리만 슬프게 하겠는가, 우리가 슬퍼할 때 함께 슬퍼하실 분이 계시지 않는가? 다만 우리는 가까이 오시어 낮고 은밀하게 말씀하시는 그분의 목소리를 듣지 못하고 있는 것은 아닌지. 우리에게 주신 그 많고 소중한 것들을 아무렇게나 함부로 내버리고 구석에 밀쳐두지는 않았는지….

안톤 슈나크의 글은 그래서 우리에게 깨닫게 해주는 것이 많습니다. 우리의 어린 시절 언젠가 한번쯤 있었을 아버지와의 산책. 우리에게 있는 눈과, 귀와, 손과 발 그리고 아름다운 것과 사랑하는 것을 감지할 수 있는 마음. 지켜야 될 것과 버려야 할 것을 분별할 수 있는 힘. 우리는 참으로 많은 것을 가지고 있는데도 없다고 생각하는 욕심쟁이는 아닌지. 욕심쟁이는 우리를 한없이 슬프게 합니다.

안톤 슈나크의 글은 아직도 남아 있는 아름다운 많은 것들을 지키게 하고, 잃어버렸다고 생각하는 것을 되찾게 해주는 힘이 있습니다.

디트리히 본회퍼의 옥중서신 『반항과 복종』

1945년 4월, 독일 플로센뷔르크 강제수용소에서 39세의
젊은 나이로 삶을 마감한 청년 신학자 디트리히 본회퍼는
목사이었지만 히틀러의 암살 계획에 깊이 관여하며 독재정권과
싸웠습니다. 1906년에 태어나 1943년 체포, 구금되기까지의
그의 삶은 맑고 깨끗하였으며, 의로운 것을 선택하기 위해
자신의 안락한 미래를 포기하는 겸손함과 용기를 보여주었으며,
개인보다는 공동체를 먼저 생각하는 촉망받는 목회자였습니다.
그에 대한 기대는 어느 한 부분에 국한된 지엽적인 것이 아니라
독일의 미래, 더 나아가서는 기독교의 미래, 하늘나라의 새로운
해석을 기대해도 좋을 목사였습니다.

1944년 5월 21일에 본회퍼가 그의 친구에게 쓴 편지에 그의
나라, 즉 하늘나라를 이렇게 소개하고 있습니다.

"전쟁과 위험보다도 강력한 나라, 힘과 권능의 나라, 어떤
자에게 있어서는 영원한 공포의 심판이지만 다른 자에게
있어서는 영원한 기쁨과 의의 나라, 마음의 나라가 아니라 대지와
전세계를 지배하는 나라, 덧없는 나라가 아니라 영원한 나라,
자기의 길을 스스로 창조하고, 거기에 도달하는 길을 마련하는
자를 부르는 나라, 그것을 얻기 위해서 생명의 담보를 지불하는
나라 그것이 하늘나라이다."

이러한 하늘나라를 소망하고 있던 본회퍼는 반(反)나치운동을
함께하던 한 동지의 배신으로 결국 감옥에서 짧은 인생을 끝내게
됩니다. 본회퍼는 2년 동안 각처의 강제수용소를 전전하며

옥중생활을 하였고, 옥중생활을 하는 동안 그의 부모님과 친구에게 많은 편지를 썼는데 이것들을 모아 옥중서간 『반항과 복종』이라는 제목의 책으로 우리에게 소개되었습니다.

그의 글 속에는 재미있는 사건도, 새로운 인물도 등장하지 않습니다. 그러나 그의 글이 많은 사람들의 가슴속에 살아남아 잊어지지 않는 것은 왜일까?

이미 잘 알려져 있는 바와 같이, 감옥이란 결코 사람이 일상을 유지하며 살 수 있는 곳이 아니고 모든 일상이 어그러지고 사람으로 하여금 모든 것을 포기하게 하는 곳입니다. 제한된 공간에서 제재를 받아야 하는 행동들, 시간의 활용까지도 간섭받아야 하는 구속된 공간이 감옥입니다. 그곳은 우리의 과거뿐 아니라 현재와 미래까지도 능히 빼앗아갈 수 있고, 우리에게 주어진 우주와 아름다운 세계까지 상실케 할 수도 있습니다. 인간이 기대할 수 있는 모든 가능성, 우리 각자의 영혼과 정신에 살아 있는 꿈까지도 포기하고 스스로 절망의 구렁텅이로 굴러 떨어지게 하는 억압의 상황만 있을 뿐입니다.

그런데 본회퍼는 그의 옥중생활에서 잃어버린 것이 없었습니다. 그의 과거도, 현재도, 미래도. 그뿐 아니라 자신에 대한 신뢰와 부모님에 대한 그의 극진한 사랑도, 친구와 나누었던 과거의 아름다운 시간도 던져버리지 않습니다. 그에게 달라진 것이 있다면 활동의 영역이 제한당하고 있다는 것과 밤에 글을 쓸 만큼 불이 밝지 못하다는 것 등일 뿐, 그의 내면을 지배하고 있는 그 어떤 것도 밀쳐버리지 못합니다.

그에게 달라진 것은 없었습니다. 그러기에 그는 원망도,

분노도, 미움도, 비난도, 포기도, 좌절도 없이 옥중에서 지냅니다.
무엇이 그를 태연하게, 명랑하게, 확고하게 행동하게 하였으며
어떤 힘이 그가 가진 자유를, 다정함을, 맑음을 잃지 않게
하였으며 웃음을 잃지 않고 침착한 승리자처럼 자랑스럽게
지내도록 하였을까?

우리는 압니다. 그것은 그와 함께 계시는 그분 때문임을.
그분이 주신 평안이 옥중이라 하여 사라질 리 없고, 그분
그리스도이신 예수가 옥중이라 하여 그를 혼자 둘 리도 없으며
그로 인한 기쁨이 사그라들 리도 없다는 것을 우리는 너무나 잘
알고 있습니다.

본회퍼가 위대했던 것은 그의 삶의 주인이 되시고 인생의
목표가 되신 그리스도 예수가 그 삶 속에 자리하고 있었기
때문입니다. 그의 삶에 그분이 자리하지 않았다면, 그는 히틀러의
암살 음모에 관여하지 않았을지도 모릅니다. 의와 소망과
천국을 우리 모두가 가질 권리가 있다고 여기며, 그것이 우리의
존재이유라고 믿었기에 본회퍼는 삶 속에 살아 역사하시는
그분을 증거하고자 하였던 것입니다.

찬란하고 아름다운 세상에서 마음껏 자유를 향유하는
우리의 일상에서, 평안과 기쁨이 연기처럼 사그라드는 이유는
무엇일까? 우리는 늘 고백하면서 삽니다. 우리의 삶의 주인은
그분이시며, 우리는 그분과 늘 동행한다고. 옥중에 살지 않으면서
옥중에 사는 것처럼 사는 우리의 모습을 되돌아보게 하는 글이
오늘 우리가 함께 나눈 글입니다.

나를 깊이 묻어라

제페리노 나문꾸라(Zefferino Namuncurà)는 아르헨티나 팜파스 우라우까노 족 까씨께(추장)의 아들이었습니다.

그는 1905년 18세의 나이에 로마에서 죽었습니다. 그의 죽음은 우인까(백인) 사회로 나와 문명을 익히고, 그리스도에 대한 사랑을 불태우며 선교사가 아닌 사제가 되어 종족의 곁으로 돌아가기 위해 공부하는 과정에서 얻은 병 때문이었습니다.

제페리노의 선조는 막강한 힘과 탁월한 전술로 다른 어떤 종족보다 뛰어난 종족이었습니다. 그래서 우라우까노 족의 역사는 습격과 배신과 대량학살, 살인, 포로, 노예의 이야기로 점철되어 있었습니다. 한마디로 미개 그 자체였고 자연 그대로였습니다. 그래도 그들의 삶은 전혀 불편하지 않았지만 그들의 찬란한 영광은 사라져 갔고, 지배와 침략으로 우인까(백인)와 대결하면 늘상 실패하였던 것입니다.

그들이 백인에게 패배하는 원인을 살펴본 마누엘(제페리노의 아버지)은 그의 아들을 백인의 세계에 보내어 백인들의 기술과 실력을 배워오게 하여 그들 종족의 지도자가 되기를 원했습니다. 그것은 꾸라 왕조의 영광을 되찾고 그들의 존재를 이 땅에 영원히 존재케 하는 방법이라고 생각하였기 때문입니다.

제페리노는 순수한 인디언의 핏줄을 이어받지 않았지만(그의 어머니 로사리아는 백인이었습니다), 꾸라 왕조의 후계자가 되기에는 손색이 없는 인물이었습니다. 용감하고 씩씩하고 정의롭고 활달하고, 종족에 대한 사랑도 깊었고 자긍심 또한 있었습니다. 그래서 그는 많은 형제들 가운데 선택되었고 또 아버지 마누엘로부터 종족의 미래는 네 손에 달렸다는 무거운 부탁과 기대에도 순순히 응할 만큼 담력과 용기가 있었습니다. 즉 아버지의 꿈이 꾸라 왕조의 재건이었고 제페리노는 이것을 준비하기 위해 아르헨티나의 부에노스아이레스로 떠납니다. 교육을 받아 민족의 지도자가 되기 위해서였습니다.

제페리노가 처음 간 곳은 부에노스아이레스에 있는 해군사관학교였는데, 곧 퇴교합니다. 그를 견딜 수 없게 한 것들이 많이 있었지만, 가장 힘들었던 것은 시간 개념과 딱딱한 땅바닥 대신 푹신한 침대 생활이었고 그것보다 더 그를 힘들게 하였던 것은 그곳 학생들의 그의 종족에 대한 멸시와 야유와 비난과 배척으로 인한 보이지 않는 갈등이었습니다.

제페리노는 다시 산까를로스 학교에 입학하게 되는데, 첫날 그는 그만두었던 해군사관학교와 산까를로스는 다르다는 것을 알게 됩니다. 그곳은 먼저 사랑과 친절함이 있었던 것입니다. 산까를로스는 남아메리카에 선교를 위해서 온 선교사들에 의해 세워져서 운영되는 학교였습니다.

산까를로스에서 제페리노는 관용과 인내와 생활 속에 익숙하게 되고 문명과 도시생활에 적응하게 됩니다. 그러나 그를 더욱더 변화시키고 그의 영혼을 사로잡는 것은 요한 깔리에르 주교로부터 받은 한 권의 책이었습니다. 그 책을 접한 제페리노는 그것을 읽고 묵상하는 일에 대부분의 시간을 보내게 되었을 뿐 아니라, 사제가 되어야겠다고 결심하고 끊임없는 기도를 통해 확신과 소명의식을 가지고 로마로 갑니다.

그 책에는 제페리노가 이제까지 막연하게 알고 있었던
그리스도에 대한 존재, 하나님과의 관계, 더 현실적으로는
그리스도인과 우인까(백인)의 차이와 백인과 그들 종족의 차이를
깨닫게 됩니다. 무엇 때문에 이렇게 많은 차이가 나는지.

그가 백인들과의 생활에서 얻게 된 병(결핵)이 깊어지는데도
그는 사제가 될 희망과 약속을 저버리지 않고 끊임없이 자신을
단련시킵니다. 기술과 실력보다 영혼에 대하여 눈뜨고 하나님이
그들의 종족도 사랑하고 계시다는 것을 알리는 것이 더 먼저라고
판단하였기 때문에, 제페리노는 아무것도 포기할 수도, 그의
계획을 지연시킬 수도 없었던 것입니다. 끊임없는 관심과 치료와
투약이 이루어지고 요양생활을 하였지만 제페리노는 18세
약관의 나이로 이국땅에서 죽었던 것입니다.

아버지의 꿈과 계획은 무산되었고 제페리노의 희망도 좌절로
끝나버렸지만, 그는 지금도 살아서 꾸라 왕조의 역사를 말해 주고
있습니다. 꾸라 왕조가 잊히지 않고 많은 사람들의 기억 속에
남아 있고, 그가 말해질 때마다 그의 종족이 들먹여집니다.

정말 아버지 마누엘의 꿈이 좌절되었는가? 꾸라 왕조는 끝이
났는가? 제페리노와 마누엘의 소원은 이루어지지 않았는가?

제페리노가 짧은 기간 동안에 얻은 백인들의 기술, 문명의
흔적, 위대하고 탁월한 지도력으로 꾸라 왕조가 오늘날 잊히지
않는 것은 아닙니다. 제페리노의 삶과, 그와 그리스도의 관계
때문이었습니다. 제페리노는 다만 그리스도를 그의 삶 깊이
묻었던 것입니다. 아무도 강요하지 않았고 아무도 가르쳐주지
않은 그만의 방법, 하나님의 섭리로 제페리노는 그의 영혼을

그리스도 안에 깊이 묻었기 때문인지도 모릅니다.

우리가 그분 안에서 살고 관계하기만 한다면 우리는 빛을 발할 수 있습니다. 그 빛은 그리스도만 빛나게 하는 것이 아닙니다. 그 빛을 묻고 있는 우리도 빛나게 하는 것입니다.

예수를 찾아서: 엔도 슈사쿠의 『사해의 언저리』

우리의 영혼 속에 깊이 들어와 우리의 일상적인 행위뿐
아니라 우리의 생각까지 달라지게 하는 존재는 흔치 않습니다.
이제까지의 나의 삶과 다른 삶을 살도록 영향을 끼친 존재가
있다면 우리는 그런 존재에 대하여 결코 무심할 수가 없을
것입니다. 엔도 슈사쿠의 『사해의 언저리』는 바로 이러한 문제를
다룬 작품입니다.

엔도의 작품은 이전에도 한번 소개한 적이 있습니다. 엔도가
예수 그리스도 안에 있는 많은 사람들에게 관심의 대상이 되는
데는 그만한 이유가 있습니다. 엔도는 예수를 찾기 위해 끊임없이
노력한 사람입니다. 작가라서, 소설을 쓰기 위해 그분에게 관심을
두었던 것이 아니었습니다. 소년시절, 자신의 의지와 관계없이
자신의 삶에 들어와 항상 자신과 더불어 살고 있었던 존재였다고
말하고 있습니다.

자신의 존재의미를 변화시킨 바로 그 존재에 대하여 관심을
갖는다는 것은 매우 가치 있는 일이며, 그가 사랑 때문에
십자가에 못박혀 돌아가신 예수라면 그것은 더욱 아름다운
일이리라.

엔도는 일곱 번이나 이스라엘을 다녀왔다고 합니다. 무엇을
위하여 무엇을 찾으러 그곳에 갔을까? 이 작품은 작가의 이러한
신앙세계를 보여주는 글입니다.

엔도는 오늘 소개하려는 『사해의 언저리』 외에 『침묵』
『위대한 몰락』『예수의 탄생』『그리스도의 탄생』등 다수의

작품을 썼습니다. 그가 예수 그리스도의 이야기를 소설을 통해서 끊임없이 할 수 있다는 것은 예수, 그에 대한 관심이 단순히 소설의 주인공으로서의 범주를 넘어 있다는 것을 추측할 수 있습니다.

그는 자신의 운명 속에 들어와 자기와 더불어 먹고 마시는 예수라는 존재를 찾는 일을 포기하지 않습니다. 다른 사람에 의하여 전해지는 예수나 이미 교회 속에 머물러 있는 예수로 만족하지 않고 자신의 삶에 간섭하는 바로 자신의 예수를 찾고 싶었던 것이었습니다. 엔도의 예수를 통해 우리는 새로운 예수를 발견할 수 있습니다.

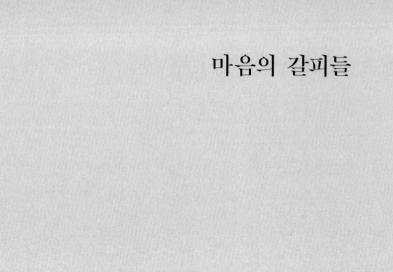

마음의 갈피들

1992. 9. 17

나무를 보며 사는 것을 생각한다.

나무는 이미 겨울준비에 들어갔다. 나도 언제부터인가 겨울을
맞이하려고 무엇을 준비하고 있다. 몇 벌의 옷, 식량, 땔감. 그리고
내 가난한 영혼을 위해 무엇을 준비하였던가를 생각한다.

필남의 죽음은 많은 것을 생각하게 한다. 신앙과 자살?
믿음이 죽음을 멈추게 할 수 없었는지. 한 인간이 스스로 죽음을
선택할 때 그때도 신앙은 도움이 되지 못했던가. 우리를 가장
사랑하신다는 그분은 무얼 하시는지. 선택은 우리가 스스로
한다. 그래 내가 무얼 하든지 그분은 간섭하지 않으신단 말인가.

필남이 죽음을 선택할 수뿐이 없었던 그 상황을 그 심정을
모른다. 자신을 둘러싸고 있는 현실이 스스로 극복할 수 없는
지경에 이르렀던 것인가? 정말 혼자만 짊어져야 했던 문제였던가?
어느 누구에게도 말할 수 없는 것이었을까? 그분께 의뢰하고 다
맡길 수 없는 문제였던가?

스스로 죽음을 선택하는 것에 대해 많은 것을 생각하게 한다.
끊임없이. 그래서 좀 우울하다. 내 영혼에도 겨울이 온 것인가?

1992. 10. 21

아침예배 말씀이 가슴을 치고 갔다. 성경은 하나님을
증거하기 위한 글임을 새삼 확인하게 된다.

우리의 모든 고난과 일도 그분의 뜻과, 뜻이 이루어지는 과정
속에 있는 것이라면 우리는 순종해야 한다. 그렇다면 우리의

고통도 그분의 계획 속에 있다는 것인가, 아니면 그분의 뜻에 순종하지 않았기 때문인가라는 물음을 하게 된다. 그리스도도 그의 고통을 외면, 거부할 수 없었다. 창조주 하나님의 계획 속에 그것까지도 계획되어 있었기 때문이다.

소유하는 것이 내 삶을 변화시키지 못했다. 소유하는 순간만 갖게 되는 느낌, 물건, 사람, 기회 등등. 그러나 내가 소유하기를 강하게 원하는 것은 소유하는 그 순간을 통해서 얻는 그 순간 때문이었던 것이다. 그 순간의 만족 때문에 소유하는 것에 그리 열중했던 것이다.

다른 의미와 가치는 없었다. 그게 소유라는 것이다. 그래도 소유하는 것에 집착할 것인가?

1992. 11
볕이 너무 따사롭다. 한가로운 바깥풍경, 고즈넉한 나무들. 벌거벗었는데도 전혀 추하지 않은 나무를 감상하기 좋다. 나무는 그 잎이 떨어질 때 항상 아래에서부터 떨어진다. 정상, 꼭대기의 이파리는 가장 늦도록까지 나뭇가지에 붙어 있는 것을 볼 수 있다.

인간사도 저럴까? 아니, 그렇지. 하늘 가까이에 있는 것은 가장 오래 살고 늦게까지 존재할 수 있다.

1993. 3

공동체의 책임자가, 그 공동체의 질서가 그리스도께서 주신
평화를 깨뜨릴 수 없고 한 사람 때문에, 제도와 법 때문에 평화와
기쁨과 감사가 없어진다면 그것은 사람과 제도와 환경 때문이
아니고 사람 때문이라는 것을 깨닫는다.

우리의 평화와 기쁨과 감사의 출발이 세상과 제도로부터
있었던 것은 아니다. 평화와 기쁨과 감사는 내가 만들어낸
것이 아니고 주신 것일 뿐이다. 그리스도를 통해서 그리스도
안에서 얻은 평화가, 사람과 제도와 환경 때문에 평화와 감사가
깨어진다면 그것은 내가 평화를 지키기를 포기한 것이라는
생각이 들었다.

그렇다, 누구와 더불어 무엇을 말하고 누구에게 어떻게
인정받고 평가받는가, 어떤 제도와 질서 속에서 사는가가 중요한
것이 아니라 내가 어떻게 그리스도 안에서 머물고 평화 지키기를
멈추지 않았는가이다. 물론 여기까지 이르기는 말씀의 끊임없는
인도와 하나님의 은혜와 기도의 덕일 것이다. 감사하자.
감사하지 않을 수 없다.

평화로부터 해방되기를 원치 말라. 평화는 죄로부터 벗어나야
시작되는 것이다. 죄는 욕심과 원망에서 비롯되는 것이지? 사탄이
내 속에 들어와 욕심을 불러일으키고 명예를 탐하게 하고 그래서
원망과 질투와 분리, 분열과 미움으로 죄를 짓게 한다 할지라도
이겨야 될 것이다. 죄가 내 속에 들어오지 않게 평화를 지키게
성령께 끊임없이 기도하리라. 악은 모든 모양이라고, 버리라는
말씀에 눈물이 나고 나의 심장을 치고 간다.

1993. 8

오랫동안 들추지 않았던 일기를 다시 꺼냈다. 지속적으로
쓰지 못하는 것은 게으름 때문이겠지. 많은 일들이 8월에 있었다.
충격으로 얻은 깨달음. 그리고 내가 다른 사람에게 상처 준 일,
그러나 그러한 충격과 받은 상처에서 그분의 섭리와 손길을 느낄
수 있었다.

어제부터 톨스토이의 삶과 문학에 대한 책을 다시 읽기
시작했다. 톨스토이 삶은 이미 하나님 가까이에 있었고, 그가
인류와 인간을 사랑할 수 있었던 것은 환경에서 형성된 기독교적
사랑 때문이라는 것을 알게 되었다.

그에 대한 글 중 강하게 인상에 남아 있는 것은, 그는 어떤
위기와 절망, 타락과 방탕 속에서도 새 삶을 계획하고 일어설 수
있었던 것은 그가 가진 성실 때문이라는 지적이었다. 결국 성실은
위기와 절망과 타락과 방탕보다 더 강한 것이다. 나에게도 그런
성실이 있는가, 스스로에게 묻는다.

1994. 4

많은 생각이 스쳐 지나간다. 사는 것, 소유하는 것, 극복해야
될 것들이 무엇인가? 아침에 문득 이런 생각이 났다. 소유한다는
것은 무엇이고 먹는 것은 무엇이고 권력을 갖는 것은 무엇이고
명예로운 것은 무엇이란 말인가? 결코 우리의 본질을 보여주는
것도 아닌 것에 집착하는 이유는 무엇일까?

집착은 불교에서 주로 사용하는 말이다. 부처는 태어남과

늙음과 병듦과 죽음에서 벗어나는 데 7년이 걸렸다. 그리고
깨달은 자가 된 것이다. 7년. 깨달음이라는 것이 무엇인가?

많은 상념이 일어나는 것은 계절과 관계가 있으리라. 시작과
존재를 드러내는 봄이라 그런 걸까? 초록빛의 신기함과 소중함을
새삼 깨닫게 되었다. 봄의 꽃은 잎보다 꽃이 항상 먼저 핀다. 잎은
초록빛인데…. 이들이 초록빛을 준비하는 데 햇빛의 일조량이
충분하지 않아서인지 모든 꽃이 져야 봄의 잎은 핀다. 진달래
개나리 목련도 그렇다.

1994. 6

살다 보면 우리의 의지와 관계없이 절망과 분노, 고독 속에서
죽음을 심각하게 생각하게 된다. 천 길 낭떠러지 아래로 떨어져
있을 때 우리는 반드시 그곳에서 헤어 나와야 된다. 그것에서
헤어 나오지 않으면 인간은 아무것도 아니다.

그런데 그곳에서 헤어 나오기 위해서는 무엇인가를 붙들어야
된다. 그것이 무엇일까? 자신의 존재를 변화시킬 수 있는 그
무엇과 부딪혀야 된다. 무엇이 우리의 영혼을 흔들어 깨워 삶의
이유를, 존재해야 하는 것을 찾을 수 있을까?

그때서야 들리는 그분의 음성. 나를 사랑하신다는 그분의
낮은 음성.

1994. 10

톨스토이를 읽으며 많은 위로를 받는다. 이 위로는 하나님과 그분 예수를 통해서 받는 위로와는 다르다. 톨스토이가 가지고 있었던 극명한 양극성, 예술에 대한 갈망과 욕구 그리고 정신적 가치와 윤리의식, 도덕성에 사로잡혀 있으면서도 본능을 억제하지 못해 주체할 수 없는 쾌락 속으로 빠지면서 겪는 정신적 갈등. 그 모습 속에서 나를 발견하며 위로를 받는 것이다.

톨스토이도 그랬단다. 쾌락의 끝에는 후회와 반성과 자책으로 자신을 괴롭히면서 다시 쾌락 속으로 끌려가는 미약한 자신을 발견하며 또 질타하고 괴로워하고 후회하고.

죽는 순간까지 버리지 못한 것이 허영이라 했다. 문득 죽음을 생각했다. 나는 죽고 싶다. 자살이 아니라 자연적으로. 그러면 아이들은 어떻게 될까? 그분이 나를 데려가실까? 그분 곁으로 갈 수 있을까? 내게 맡겨두신 아이들을 두고도 날 데려가실까?

톨스토이의 이반 일리이치의 죽음을 읽고서 한 생각이다.

1994. 10

운동장에 쳐놓은 천막들이 마치 아라비아 사막의 유목민 텐트 같다. 축제의 분위기가 한껏 정겹다. 밤인데도 학생들은 뭐가 좋은지 꾸역꾸역 밀려온다.

하얀 불빛의 가로등이 가슴 설레게 한다. 밤이 아름다운 것은 어둠이 더러운 것, 지저분한 것, 추한 것을 가려주기 때문인지도 모른다. 그래서 나는 어둠을 싫어한다.

1995. 5

오랜만에 쓰는 일기다. 바쁘다고 피곤하다고, 아니 나의
하루가 늘 같아서 그랬는지도 모른다.

많은 것을 놓쳤다. 생각과 반성과 깨달음. 아침에 학교에
와서 연구실 문을 열면 푸르름과 함께 뻐꾸기 소리와 이름 모를
새소리가 내게 온다. 말할 수 없는 기쁨과 감동이 나를 지배한다.
그럴 때 이 모든 것을 잘 기억해야지 하며 이것저것 생각하게
된다.

며칠 전부터 떠나지 않는 생각이 아직도 나를 지배하고 있다.
내가 글을 쓰고 학생들을 만나고 무언가를 나누고 사랑해 주고
격려해 주고 말씀을 먹고 말씀을 가까이 하고 묵상하고 매일
기도드리는 것은 무엇이 되기 위해 하는 것이 아니라, 그리해야
하니 할 뿐이다.

내가 무엇이 될 수 있으며, 또 무엇이 된들 무엇을 하겠다는
것인지. 마음과 정신을 일치시키고 싶다. 무엇이 되기 위해 내가
노력하는 것에서 완전히 자유스러워졌으면 좋겠다.

1995. 5

제주도는 여전히 아름다웠다. 5월의 제주도는 천지가 귤꽃
향기로 덮여 있어 눈뜨는 순간부터 잠 속에서도 향기를 맡을 수
있다. 몸을 닦으면 향기가 묻어날 것 같다.

푸른 바다, 푸른 숲, 반짝거리는 나무, 아름다운 언덕,
깨끗하고 맑은 바다, 향기 가득한 천지. 하나님이 만드신 것들.

그것으로부터 받는 위로와 감사와 기쁨. 이래서 5월을 계절의
여왕이라 했던가.

1995. 9

오늘 아침 성경공부 시간에는 말할 수 없는 기쁨이 나를
지배했다.

주님과 동행한 사람과 주님께 용서받은 자들의 이야기는
나를 늘 울게 한다. 기쁨이 눈물이 되는 것이다. 죄인도 제자 삼고
자신의 삶 속으로 불러들이신 사람.

1995. 10

자주자주 닫히는 상념의 세계. 쓰고 싶은 요구가 없다.
그렇다고 생각이 없는 것은 아니다.

크리스찬의 역사의식. 역사는 하나님의 존재하심을 증거하는
것이고 역사는 개인의 신념과 판단과 행동으로 결정된다.
사소한 결정과 순간적인 판단이 모여 역사라는 것으로 나타난다.

좀더 용감해지고 분명해야 될 필요가 있다. 예와 아니오.
나의 이기적인 생각과 판단이 아닌 옳은 것에 대한 yes와 그렇지
않으면 분명히 no로 대답해야 한다. 견디어내지 못한다고 밤을
피하지 마라. 단맛을 낼 수 있는 시간이 되는 땡볕을 피하지
말아라. 나무가 흔들릴 때는 그냥 두어라. 그러나 뿌리가 뽑히지
않도록 뿌리를 땅에 단단히 내려야 한다.

땅에게 부탁하라. 나무를 단단히 끌어안도록. 어떠한 악도 내
속에 있지 않도록 하라.

1996. 1

나는 시간을 보낸 기억이 없는데 시간은 내 곁을 떠나갔다.
과거는 기억 속에만 머물지 결코 존재하지 않는다. 수많은 상념들.
말(언어)과, 일과, 사람과, 만남.

그 많은 것들이 머물다가 지나갔다. 그 많은 일 중에는
잊어버리면 안 되는 일도 있어 마음에 담아두고 오래오래
기억해야 할 일도 있다.

그 모든 것이 기쁜 일이어서가 아니다. 세상에는 기쁜 일도
많지만 슬픈 일도 그만큼 많다. 있어야 될 일도 있지만 있으면 안
되는 일도 있다. 시간은 아무것도 모르고 과거로, 과거로 달아나
버리는데 나는 미래를 향해 있으니 시간과 나는 언제쯤 만날 수
있을까?

시간의 흐름이 두렵다. 두려움은 시간의 속도, 빠른 것 때문이
아니라 해야 될 것을 미루는 게으름에서 비롯된다.

아버지에 대한 생각으로 몇 날을 잠을 설쳤다. 내가 더 봐야
할 것은 바깥세계가 아니라 인간에 대한 것, 나의 내면인지도
모른다.

1996. 4

석가에 관한 책을 읽고 있다. 그의 탄생과 성장, 출가 후의
행적. 와다나베 쇼오꼬가 쓴 것인데 법정 스님이 번역하셨다.
불타 석가모니 제자도 왕족 바라문의 부류에서 주로 나왔다.
불교 역시 있는 자, 가진 자를 위한 것이었던가? 해탈해야
윤회에서 벗어날 수 있기 때문에 해탈이 중요하고 해탈을 해야
된단다.

인간에 대한 해석이 철학자마다 다르듯이 죽음에 대한 것도
그렇다. 가보지 못한 세계, 증명할 수 없기 때문이리라. 생각으로
증명하는 것이라 실체가 없다.

1996. 5

말씀이 없는 마음의 공허, 오늘은 유난히 마음이 흔들린다.
바람 때문인가.

엔도 슈사쿠의 작품에 빠져 지낸다. 새롭게 다가서는 예수의
존재, 엔도의 예수는 몹시 나약하다. 다시 발견하는 그분의 모습

1996. 6

피곤하다는 생각이 머리를 떠나지 않는다. 평생의 삶이
이럴진대 사람들이 사는 것이 얼마나 힘들까. 소망도 사랑도
위로도 없이 이렇게 평생을 산다면 살고 싶어하는 사람이 얼마나
될까? 에스라, 느헤미아, 에스더를 다시 만나자.

1996. 7

욥기를 읽으면 욥의 간구가 너무 절실해 눈물을 흘리게
된다. 하나님이 보호의 줄을 끊으시면 천대와 비난과 야유와
놀림거리일 뿐이다. 누구든지 그렇게 될 수 있다. 아무리 의로운
사람이고 존경받는 사람이고 고아와 과부를 돌보고 선행을 한다
할지라도.

욥기를 읽으며 든 생각이다. 빛 속에 있을 때와 빛이 사라진
후가 어떻게 다른지 그 현상을 욥기에서 볼 수 있다.

2001. 12

봄날씨 같은 겨울날씨다. 봄에 나무들이 깨어나는 소리라도
들릴 듯한 날씨다.

학교의 나무들도 겨울옷을 입고 있다. 그중에 유별나게
두껍게 싸맨 나무가 있어서 왜 그러냐고 물었더니 남쪽지방의
나무라 이 추위를 견디려면 그래야 된단다.

나무도 그런데 하물며 사람이야. 빛을 발하는 유리처럼 많은
것들이 내 속에서 일어나고 있다. 그러나 다 내어쏟을 수 없는
것들이다.

곧 한 해가 또 간다. 나이를 먹는 것이 좋다. 떡국을 먹을
때마다 나이를 먹으면 좋겠다.

2002. 2

창원에 계시는 엄마를 보고 왔다. 왕복 900킬로가 되는
거리를 차로 하루 만에 다녀왔다. 뭐가 그리 바빠서 하루 만에
왔는지. 멀어서 피곤한 길이었지만 기쁘게 다녀왔다.

엄마를 생각하면 목이 멘다. 자유롭지 못한 거동, 목숨을
부지하기 위해 먹어야 하는 식사, 넓은 아파트에 아버지와 일
도와주는 아주머니와 함께 지내지만 행복하지 않으시단다.
당신의 삶이 짐승 같아서 싫다고 하신다. 어느 누구에게도
도움이 되지 못하고 사람의 도움 없이는 살 수 없는 당신이
싫으시단다. 자식들에게는 살아 계신 것만으로도 충분한데
엄마는 그렇게 생각하지 않으신다.

언제부터인가 하나님을 찾고 의지하시는 게 다행이라
생각하지만 엄마를 생각하면 마음이 무겁다. 평안하지만 일찍
데려가 달라고 기도하신다는 엄마의 음성이 귀에 남아 있다.

2002. 4

비가 왔다. 산이, 나무가, 지다만 꽃도 비에 젖어 있는데
얼마나 아름다운지. 사물이 변해서 다른 존재처럼 보이는 것처럼
우리는 그렇게 될 수 없는 것인가? 우리도 꽃도 나무도 비도
하나님의 창조물인데. 우리는 매일매일 새로움으로 드러날 수
없을까?

2002. 5

감정으로부터 자유, 자유롭고 싶어 며칠째 글쓰기를
그만두었다. 감정이 때론 우리를 스스로를 불쌍히 여겨 연민에
빠지게 한다. 그래서 어리석은 행동도 하게 된다.

스스로를 불쌍히 여기지 말 것. 연민에 빠지지 말 것.

2002. 8

솔로몬이 하나님께 드린 기도는 읽을 때마다 부러워하게 된다.
하나님을 온전히 신뢰하며 감히 하나님이 하신 그 약속을
꼭 지켜달라고 기도하는 그 믿음과 당당함이 가슴에 내려와
앉는다. 그 속에 있는 겸손과 하나님을 얼마나 크고 위대하신
존재로 고백하는지 그 믿음의 크기에 부럽다 못해 질투가 난다.

그래서 하나님은 솔로몬의 기도를 받으시고 오래오래 옆에
두셨나.

2002. 9

기억나지 않는 죄가 있다. 전혀 까맣게 잊고 있었는데
문득 세수하며 생각이 났다. 그때는 그것이 죄인 줄 몰랐으나
그 행위가 하나님을 상심케 하고 이웃을 아프게 하였다는
것을 늦게 깨달은 것이다.

말씀이 우리를 얼마나 의지적으로 만드는지 경험하며 지낸다.

2002. 10

버린다는 것이 무엇인지 이제사 조금 알 것 같은데.
율법으로부터도 자유롭고 싶다. 죄와 과거로부터 벗어나 늘
새사람처럼 지내고 싶다. 나를 붙들고 있었던 규범과 습관과
관습과 세상의 법. 이것들이 나를 이끌지 않고, 말씀 안에서
자유로운 나를 기대하면서 살고 싶다.

2002. 11

첫눈이 내렸다. 소리 없이 정말 살포시 내렸다. 온 우주가
조용하고 적막해지는 듯했다. 내 영혼을 덮으시는 그분의 손길
같았다.

2002. 12

마지막 달력을 보면 어이없다. 무엇을 이루어야 되는 것은
아니지만, 시간은 마치 너무나 황급히 떠난 사람 같다.
　한 해를 보내는 준비도 하지만 새해를 준비하는 민첩함도
있어야 되니 기가 막힌다. 더 많이 참고 살고 싶다.

2003. 3

시장에 봄나물이 제법 나왔다. 쑥과 달래 원추리 생취도
보였다. 꽃가게는 프리지아가 자리하고 있어 그 향기가 발걸음을

멈추게 하였다. 봄을 알리는 것은 이들만은 아니다. 나무도
새순을 수줍게 보이고 있다.

자연은 봄이 되면 작년과는 또 다르게 우리를 만나러 오는데
나는 무엇이 달라졌는가? 나이, 흰머리, 생각 말고 또 달라지는
것이 있는지.

세월이 가도 달라지지 않는 것이 더 많다. 나도 봄처럼 새로운
것들로 하나님이 만드신 것들과 만나고 싶다. 꽃의 기운과 나무의
기운이 이 봄에 내게 넘치기를.

2003. 4

온통 산에 진달래다. 마치 불을 놓은 것 같다. 눈이 자주
산으로 간다. 목련까지도 우아함을 드러내고 있다. 노란 산수유도
봄의 화려함을 더하고 있다. 비가 오면 떨어질 꽃이지만 비는
봄을 재촉하기도 한다.

봄꽃은 잎보다 먼저 핀다. 늘 그것이 신기하고 재미있다. 꽃과
잎이 만나지 못해도 아쉽지 않은지 묻고 싶다.

2003. 6

이제 유월도 끝인데 장마라더니 아침부터 비가 내렸다.
시간의 빠름을 새삼 확인하게 된다.

어제는 동료교수가 자기에게 상처를 준 사람에게 자신도
똑같이 대응했더니 마음이 더 괴롭다는 심정을 듣고 나를

들여다보았다. 때론 상처받은 후에 돌아와 잠자리에 누워 분노한 적도 있었다. 자신도 모르는 사이에 주는 상처, 나도 수없이 그렇게 하였을 것이다. 그리고 어쩌면 내 이웃들이 악한 행동을 하도록 환경이나 상황을 그렇게 만들지는 않았는지.

어떻게 처신해야 하는지 생각하는 하루였다. 이번 여름방학에는 영어공부를 해야 할까 보다.

2003. 7

며칠째 우울하다. 우울의 근원을 생각했다. 욕심, 욕심이 문제였다. 이제껏 없이도 잘살았는데 갑자기 밑바닥에 깔려 있던 욕심이 목을 내밀었던 것이다.

명예와 물질과 권력에 대한 욕구는 평소에는 절대 얼굴을 내밀지 않다가 상황이 되면 무섭게 나타난다. 복잡 미묘한 것들이다.

그 욕심이 해결되지 않으면서 우울하게 된 것이다. 너도 별수 없는 속물이구나 하는 생각을 떨칠 수 없다. 뜨거운 여름이라 다행이라 생각했다. 여름의 우울은 길게 지속될 수 없다.

2003. 12

겨울여행을 다녀왔다. 때아닌 여행으로 기쁨과 즐거움이었다. 학과 교수들과 같이 가서 더 재미있었던 것이다.

백양사를 둘러 내장산까지 둘러보았다. 단풍도 다 끝난

들판과 숲이었지만 백양사의 감나무에는 감이 주렁주렁 달려
있었다. 까치밥으로 남겨놓았다고 보기에는 너무 많았다.

겨울 산사는 그윽하고 조용해 번잡함을 내려놓을 수 있었다.
고요하고 너그럽고 단정하고 여유 있어 우리는 너무 좋아했다.
오래오래 있어도 좋겠다는 생각이 들었다. 겨울 들꽃도 피어
있어서 그랬는지 모른다.

기도하러 온 사람들을 위해 목탁을 두드리며 염불에 몰두한
승려의 모습도 정겨웠다. 산사 한쪽에 있는 찻집에서 차도 마셨다.
이제까지의 번잡함과 소란과 분주함이 다 씻기는 것 같았다.

산 아래서 본 산꼭대기의 나무는 마치 이발을 한 듯
가지런하였다. 가까이 보면 그 키의 크기가, 나무의 종류와
굵기, 나뭇가지와 잎새가 다 다를 것인데 아래에서 먼데서 보니
구별되지 않았다.

문득 하나님이 보시기에도 저럴 것이다라는 깨달음이 왔다.
우리가 보기에는 크기와 모양과 가진 것이 다 제각각이지만
하나님이 보시기는 그리 달라 보이지 않을 것이라는 생각을 했다.

모양이 거죽이 드러내는 것의 차이는 없다는 것이다. 속에
무엇이 있는가, 존재를 구별하는 것은 거죽이 아니라 속이라는
것이다.

자연을 통해 깨닫는 것이 많다.

2004. 5

5월의 마지막 주 학생들과 설악산과 경포대를 다녀왔다. 대학 때 갔던 졸업여행이 생각났다. 치기어린 시절의 졸업여행이고 또 좋아하는 김남조 선생님과 함께 가서 아직도 그때의 기억이 생생하다.

고즈넉한 낙산사의 풍경도 좋았지만 바람이 불 때마다 흔들리며 울리는 풍경소리가 한없이 청아했다. 낙산사에 있는 다래헌에서 대추차를 마셨다. 어울리지 않는 비치파라솔 아래서 마시는 대추차가 좀 어색했다.

죽비를 하나 샀다. 몸은 절간에 있는데 마음은 세상에 있는 육신을 다스리는 죽비다. 죽비로 나를 때린다고 마음이 돌아올까? 마치 내가 마음은 십자가 앞에 있으면서 몸은 세상 속에서 허우적거리는 것을 다스릴 수 있을 것 같아 샀지만, 미련한 것이다.

내린천에서 난생처음으로 래프팅을 했다. 여행일정도 이전과 다르지만 경험범주도 다르다는 생각이 들었다. 3시간을 하고 난 후 다시는 하고 싶지 않다는 생각을 했다.

학생들이 삭발했다는 소식을 들었다. 신뢰에 대한 배신과 불의에 대한 항변일까라는 생각을 했다. 무엇에 대한 신뢰고 무엇이 불의인지, 정말 우리는 알고 있는가 하는 생각을 했다. 혼란스럽고 번잡하고 불안한 시간들이다. 언제 끝날까?

2004. 7

날씨는 비가 올 듯이 하늘에 구름이 잔뜩 끼어 있다.
아들아이의 출국과 이사와 기말성적처리로 바쁘다. 아들은
휴학을 하고 DTS 훈련받으러 아프리카 케이프타운으로 떠난다.
나는 학생들과 자매학교인 레이크랜드 대학으로 한 달 동안 간다.

2004. 6. 11

삶의 문제를 다 해결하기는 어렵다. 때론 덮어두기도 하고
때론 그냥 두었다가 가져와 들추었다가 해결이 안 되면 또
밀쳐둔다. 이번 주가 종강이고 다음주부터는 기말고사 기간이다.
한 학기가 순식간에 지나가 버렸다.

학교의 뒷산엔 밤나무꽃으로 하얗다. 나무는 신록에서
좀더 짙은 초록으로 옮아가고 있다. 평소에는 잘 보이지 않던
사람들의 모습에 부딪히며, 그래 사람이 거기서 거긴데 뭘 그리
따지고 재고 자르고 주장하는지. 자기 욕심이 아니라고 생각하고
행동하는지 몰라도 결국 가리어진 욕망에서 시작되는 싸움과
갈등 아닌가 하는 생각이 들었다. 명분까지도 욕망을 위해
가리개로 사용하고 있으니.

사람들은 다른 방법으로 일을 처리하는 것을 용납하지
못한다. 나도 한때는 그랬다. 그런데 그렇게 주장하는 그
밑바닥에는 내가 너보다 잘났거든, 내가 경험이 더 많고 더
많이 알고 있거든, 이것은 내가 공을 세워야 하는 일이야 하는
교만이 있음을 발견하고 깜짝 놀랐던 것이다. 사람을 보고 의견을

선택하는 것이 아니라 판단의 옳고 그름을 보고 결정해야 하는데
용기가 없어서 그러지 못한 것이다.

2004. 9

어제는 비가 무섭게 와서 운전하기도 힘들었다. 철없이
일찍 핀 코스모스가 몹시 바람에 흔들렸다. 교회청년들하고
성경공부를 12주 하게 되어서 준비를 한다. 나도 제자로 제대로
살지 못하면서 훈련을 시키다니 아이러니다.

"죄책감을 버려라"라는 부분을 준비하면서도 깨달음을
얻었다. 늘 기억나는 내가 저지른 죄. 사람을 죽이고 남의 물건을
가져오는 것만 죄인 줄 알았는데 그렇지 않다는 것을 알면서
저지른 수많은 죄가 있었다. 때론 그 생각이 나를 잠 못 들게 하고
분노하게 하고 부끄럽게 절망하게 했다.

다 정리된 줄 알았던 그것들이 다시 떠오른다. 이미 지은 죄에
대해 왜 그랬냐고 묻지 않고 다 용서하셨는데 내 스스로 나를
용서하지 못하는 믿음의 부족. 이도 교만이리라.

예수님은 어떤 죄인을 만나셨어도 너 왜 그랬어라고 묻지
않으셨다. 간음하다 잡혀온 여인에게도 삭개오에게도 배신한
베드로에게도 왜 그랬니, 그러면 내가 널 이해한다라고 하지
않으셨다. 그냥 사랑으로 용서하셨다.

눈앞을 가리는 눈물. 내 스스로 나를 용서하지 못하는 교만.
이제 깨끗해진 마음을 사진 찍을 수 있다면 찍어서 보관하고
싶다. 내 마음의 주인이 되신 그분을. 성경공부 준비는 나를 더

은혜로 이끌고 있었다.

2004. 10

집으로 가려던 발길을 돌려 연구실로 돌아왔다. 물을 끓여
차를 우려내 마신다.

내 영혼도 이렇게 우려낼 수 있을까? 향기 나는 차처럼.
사람에게 위로를 주고 허전할 때 생각나는 차 같은 영혼이 될 수
없을까? 그런 생각을 했다.

2004. 12

학교 영화관에서 혼자 The Passion of Christ를 보았다.
영화가 꽤 길었지만 시간 가는 줄 모르고 보았다.

영화를 보면서 인간에 대해 내내 생각했다. 인간이 얼마나
잔인한지.

잔인하다는 표현으로만 할 수 있는지. 그분의 고통과 죽음의
원인이 된 인간, 믿음과 언어, 죄와 우리의 손, 발, 눈, 입 그리고
죄는 우리의 어디에도 흔적을 남기지 않는다. 기억 속에만 있고
하나님은 아신다. 그래서 그것이 악인지 아닌지, 있는지 없는지는
결과로 드러난다. 대부분의 동기는 선이고 너를 위함이지만
결과를 보면 알게 된다.

그분에게 몸으로 태어나게 하신 어머니도 죽음의 고통에는
관여할 수 없었다. 대림절 기간에 본 영화다.

2005. 2

오늘은 바람이 많이 분다. 비도 왔다. 비가 한번씩 올 때마다
봄은 점점 가까이 올 것이다. 이것이 봄비와 가을비의 차이다.
붙잡을 수 없는 시간.

잠자리에 누우면 아직도 돌아가신 엄마 생각이 난다. 내겐
너그럽기보다는 책임감을 부지중에 가르쳤던 엄마였다. 동생들과
아버지께 내게 가진 것들을 주는 것에 익숙한 것이 그래서
만들어진 것인지 모른다.

그 책임감이 너무 싫어 뿌리치고 싶었던 적도 있었지만
그러지 못했다.

엄마도 그랬을지 모른다. 여성이기보다는 엄마와 아내로서의
책임감이 더 강했던 것인지.

새벽기도 끝내고 오면서도 내내 떠나지 않았던 엄마생각이다.
우습다, 내 나이가 몇인데 엄마 생각이라니.

2005. 3

예레미야를 보는 가운데 내 마음을 떠나지 않는 부분은
우리에게 선한 마음을 주시는 것도 하나님이라는 것이다. 새삼
확인하게 되었다.

내 속에 있는 선한 의지까지도 내 의지가 아니라 그분의
은혜라니. 그러면 인간의 의지는 무엇인가?

2005. 3

사랑이라는 이름으로 저지르는 구속과 속박은 사랑하는
사람에게뿐 아니라 자신에게도 구속과 속박이 된다. 너를
구속하면 내가 자유로울 것 같지만 결코 그렇지 않다. 네가
자유롭지 못하면 나도 그렇다. 그러나 그분 안에서 자유로운 것은
그분이 우리를 진리 안에 두셨지 사랑으로 속박하지 않으셨기
때문이다.

죽비를 샀다는 이야기를 들은 어떤 분이 내게 하신, 마음이
없는데 무얼 치려고 죽비를 샀느냐는 오래전에 들은 말이 새삼
기억이 났다.

2005. 3

"네가 있는 곳이 어디인가"라는 물음에 매달려 있다. 세상에
있는가 말씀에 있는가. 세상에서는 던져버려야 할 말씀들, 세상의
가치와 법과 내 뜻과 방법과 가치.

내가 말씀의 세상에 있으면 염려도 미움도 원망도 의심도
두려움도 없겠지. 생각은 말씀 속에 있고 나는 세상 속에 있다.
내 눈은 세상을 보고 내 손은 세상 속에서 세상을 위해 일하고
내 발도 세상을 헤집고 다닌다. 내 귀도 세상의 소리를 듣고 내
입도 세상의 것을 먹고 세상 이야기를 한다. 그러면서 나는 다른
세상에 있다고 착각한다.

자유롭지 못한 나. 혼돈과 갈등이다.

2007. 1

아침식탁은 이름만큼 상큼하지 않다. 냉장고에서 꺼낸 김치,
구운 김, 토막 친 무 넣고 끓인 국, 식탁에 앉은 나와 남편, 무심한
얼굴로 젓가락질을 한다.

오늘 하루도 어제와 같았다. 새해이지만 작년의 나와 올해의
나는 달라지지 않았다. 다른 것은 날짜와 날씨와 달력뿐이다.
그리고 마음이다. 이전과 이후의 세계를 나는 잘 모르겠다.
이전과 이후를 나누고 변하게 하는 것은 무엇일까?

2013. 4

요세프스를 읽으면 이스라엘 백성들이 하나님께 제사 드리는
것을 소홀히 하고 율법을 마음에 두지 않으면서 이민족의 지배를
당하게 된다는 내용이 있다. 그 이유는 '제사'라는 형식으로
민족이 단합되는 시간이 되는데, 이런 것을 소홀히 하면서 공동체
의식이 희박해지고 각기 달라지는 삶의 목표와 목적, 흐려지는
전통, 공동체 의식. 이런 이유로 이민족의 지배를 받게 되었다는
것을 깨달을 수 있었다. 그러면서 내 삶을 지탱하는 것은
무엇인가를 생각하게 된다.

내 삶에서 예배란, 기독교인들에게 예배란 이런 의미가 아닐까
생각하게 된다.

예배란 나를 드러내고 내가 중심이 되는 것이 아니라
하나님을 선포하고 높이고 감사하고 그분 앞에서 죄를 알고
회개하는 것이리라. 나는 정말 진정으로 예배를 드렸던가?

2013. 4

유진 피터슨의 '자유'를 읽기 시작했다. 읽으면서 이 책을
출판사 일을 하는 동생에게 주고 싶다는 생각을 했다.

내가 누구의 언니인 것에 눈물 나고 고맙다. 내가 누구의
딸이고 동생인 것에 고맙고 눈물 난다. 내가 누구의 선생님이고
제자인 것에 고맙고 눈물 난다. 내가 누구의 선배이고 후배인
것에도 눈물 나게 고맙다. 내가 누구의 친구이고 이웃인 것에
고맙고 눈물 난다. 누구의 동료이고… 것에 고맙고 눈물 난다.

내가 누구의 시어머니이고 어머니인 것에 고맙고 눈물 난다.

사람들이 있어서 고맙고 눈물 난다. 이들은 내게 사랑과
기대와 희망과 위로를 주었다.

각기 다른 시간에 다른 곳에서 다른 방법으로, 그러나 그것은
사랑이었던 것이다.

그뿐 아니라 내가 누구의 이모이고 고모이고 외숙모이고….

내 시간은 이들과 함께 시작되었고 이루어졌기 때문이다. 내
죽음도 이들과 함께하겠지.

2013. 5

며늘아이가 혼수로 해온 이불을 이제사 바꾸었다. 예쁜 꽃이
드문드문 있는 얌전하면서도 화려한 환한 이불이었다. 내 몫,
온전히 나만 사용하는 것이었다.

그때 이전에는 이불을 사더라도 남편과 함께 사용할 수 있는
것, 딸이 좋아할 만한 것, 아들의 것이었지. 맛있는 것도 아이들과

남편을 위해서 만들었다.

그래서 그런지 혼자이면서 무엇을, 더구나 맛있는 것, 특별한 것을 요리한다는 것이 부끄러웠다. 너무 오래 아내로 엄마로 살다 보니 나만을 위해 무엇을 한다는 것이 어색했던 것이다.

이불을 바꾸면서 그런 생각을 했다. 딸이 사용하던 것, 아들이 사용하던 것이 멀쩡해서 사용할 수 있어서 버릴 수 없어서 그냥 사용하고 있는 것들이 아직도 많이 있구나. 내 취향과 기호와 관계없이 사용하고 있는 것들. 그래서 때론 내게 전혀 어울리지 않는 것들.

나만을 위해, 내 것으로 이름 하여 마련한 이불을 보며 기분이 좋았다. 그리고 기분이 묘했다.

그것은 이런 것일 것이다. 나눌 수 없는 것, 나누면 안 되는 것. 온전히 내 것으로 이름 하고 마련하고 준비한 것이 있었던가. 그러나 그런 것은 거의 없지 싶다.

그러나 나눌 수 있고 나누어야 하는 것이 대부분이었다. 항상 남편이나 아이가 중심이 되어 정해졌고, 선택의 기준도 나보다 그들이 먼저였던 것이다. 이것이 부모이고 어미이고 아내라서 그런 것이겠지.

남편이 떠난 후에도 그랬다.

이제 아들도 장가갔으니 '우리'는 생각하지 않고 '나'만 생각해도 될까?

2013. 5

리차드 포스트의 '돈, 권력, 섹스'를 다시 읽었다.

권력을 먼저 읽었다. 궁금했다. 그리스도인에게 권력이란 무엇이며 그것을 어떻게 대해야 하는지. 내용을 읽는 중에 '연약함'도 능력이라는 내용이 마음에서 떠나지 않았다. 왜 연약함이 능력일까? 내 생각에는 연약함을 안고 사는 그 자체가 능력이리라. 어떤 것의 결핍, 부족함, 약함, 부러지기 쉬운, 다치기 쉬운, 상처받기 쉬운, 드러내놓기 부끄러운, 숨기고 싶은, 건드리면 아픈 것, 이런 것들이리라.

이런 것들을 안고 살고 있고, 이런 것들이 있음에도 불구하고 감사하며 기뻐하며 즐거워하며 상처받지 않고 숨기지 않고 부끄러워하지 않고 부족하게 여기지 않고 산다면 이것이 능력이리라. 리차드 포스터는 혼자 있는 것, 홀로 두는 것도 영적으로 강하게 하는 것이라 했다.

또 오늘은 신문에서 이런 글도 읽었다. 정치에서는 반대와 미움을 받더라도 조롱과 경멸은 받지 말라고 한다. 어찌 정치에서뿐이랴! 삶에도 생각의 다름, 의견차, 일의 해결방법의 다름으로 다투고 얼굴 붉히고 거리를 둔다.

다르다는 것은 틀린 것이 아니다. 우리의 삶에서도 조롱과 경멸을 받아서는 아니 될 것이다. 조롱과 경멸을 하는 것 자체가 바르지 않은 일이기는 하다. 그러나 인간답지 못할 때, 인격적이지 않을 때, 도덕적이지 못할 때, 윤리적이지 않을 때 우리는 우리 스스로 부끄러워도 하지만 그런 사람을 비난한다. 비난과 조롱과 경멸과 수치는 어떻게 다른가?

2013. 6

인간은 자신의 존재가 없어지는 것을 가장 두려워한다.
출애굽기에 나타나는 10가지 재앙을 보면서 깨닫게 되었다.
환경의 변화. 먹을 것이 없고, 질병으로 고통을 당해도
이스라엘의 민족을 떠나지 못하게 하였던 바로는 10번째 재앙
후에야 비로소 이스라엘 민족에게 나가라고 한다. 죽음이
두려웠던 것이다. 다른 사람의 죽음을 보면서, 그 죽음이
나에게도 올 수 있다고 여겼기 때문이다. 결국 죽음이 두려워
이스라엘 민족을 떠나게 했던 것이다.

우리의 삶도 그리 다르지 않다고 생각한다. 수많은 고통과
절망과 혼돈과 두려움 속에 있더라도 하나님을 찾지 않다가
죽음이 임박할 때 하나님을 찾는다.

죽는 순간에도 죽음을 피하고 싶은데 피할 수는 없기에
전능자에게 돌아가는 수뿐이 없을 것이다. 바로도 그랬다.
10번째 재앙을 경험하고 나서야 하나님이 어떤 존재인지 알게
되고 이스라엘 백성을 보낸 것처럼. 죽음을 통치하시는 분도
하나님이심을.

2013. 9

민담에 대한 글을 읽는다. 돈을 가진 자는 문제가 생기면
돈에서 해답을 얻으려고 한다.

지식을 가진 자는 문제가 생기면 지식에서 해답을 얻으려고
한다. 명예를 가진 자는 문제가 생기면 명예로 문제를 풀려고

한다. 종교를 가진 자는 문제가 생기면 종교로 문제를 풀려고
한다. 하나님의 소유자 된 자, 하나님께 소유된 자는 그분으로
문제를 풀려고 한다.

2013. 11

예수님은 사람을 살리기를 늘 바라셨다. 그 일을 모두에게
하라 하신 것은 아니었다. 당신의 제자들에게 얻은 능력으로
사람을 살리라 하셨다.

무엇이 사람을 살리는 일인가? 내가 하는 일이 사람을 살리는
일인가? 그러면 사람을 살린다는 것은 무엇인가?

그런 생각을 하며 하루를 보냈다. 완전하다는 것은 허물이
없다는 것이다. 허물이 없다는 것은 흠도, 티도 없다는 것이다.
흠과 티가 없다는 것은 지적받을 일도, 입에 오르내릴 일이
없다는 것이다.

2014. 1

세상에서 상처받고 거부당하고 빼앗긴 자들, 내어쫓긴 자들,
억울한 자들이 교회에서, 하나님의 집에서 치료받고 위로받고
인정받으며 살게 하소서. "빛을 낮이라 칭하시고 어둠을 밤이라
칭하시니 저녁이 되며 아침이 되니 이는 첫째 날이라" 하신
하나님, 하늘과 물을 만드신 하나님, 이 나라에서 모든 사람이
기쁘게 상처받지 않고 살게 하소서.

2014. 4

씻겨내는 물, 흙과 인간과 순명의 어원이 같은가? 궁금하다.

흙처럼 부드럽지 않으면, 모든 것을 받아들이지 않으면, 모든
것을 덮지 않으면 아무것도 피울 수 없다. 물은 흙을 받아들인다.
물은 물을, 흙은 흙을, 흙은 물을, 물은 흙을 받아들인다. 죄는
물로 씻는다. 흙은 죄를 묻을 수 있을까? 아, 죽어야 우리가
흙으로 돌아가지.

오늘은 이런 생각을 하며 지냈다.

2014. 4

예수님이 당신이 누구인지, 어떻게 아셨는지, 궁금했다.
그래서 신약성서를 다시 읽는다.

2014. 5

가정은 땅과 같은 것이다. 한 인간이 뿌리내려 이 우주에서
살아갈 수 있는 근거가 되는 것이 가정이다. 흙과 물이 없으면
하나님의 창조물은 살지 못했다. 흙과 물은 창조물의 집이고
양식이었다. 가정도 사람에게 흙이어야 하고 물이어야 한다.

흙과 물은 모양이 다르고 성질이 다르지만 생명을 만드는
데는 같다. 그런데 죄를 다루는 방법은 다르다.

2014. 11

마음과 양심은 다르다. 마음에서 시키는 대로 하면 양심에
어긋나는 것도 있다. 나는 그렇게 생각한다.

며늘아이가 궁금하다. 자기 이야기를 거의 하지 않는다.
외롭지는 않은지. 이것저것 많은 생각이 넘나든다.

로사 목사도 바쁜가 보다.

사람은 정말 혼자인가? 정말? 오랜만에 연신아버지를 꿈에서
보았다.

2014. 12

"지혜 있는 자는 궁창의 빛과 같이 빛날 것이요.
많은 사람을 옳은 데로 돌아오게 한 자는 별과 같이 영원토록
비추리라."(단 2:8)

"곡식과 새 포도주와 기름은 내가 저에게 준 것이요. 저희가
바알을 위하여 쓴 은과 금도 내가 저에게 더하여 준 것이어늘
저가 알지 못하도다."(호세아 2:8)

새벽에 일어나다. 기도와 말씀과 묵상도 내게 매우 중요하다.
그러나 기도와 말씀대로 사는 삶이 더 중요하다.

삶이 나를 속인다는 것은 무엇일까? 삶도 내가 사는 것이다.
그러면 삶이 나를 속인다는 것은 내가 나를 속인다는 것
아닌가? 스스로 자기 생각대로 정하고 판단하고 자라게 하고
더하고 버리고 멈추고 가리고 그렇다면?

루소가 '에밀'에서 한 말이 기억난다. 약한 자가 악을

행한다고. 결핍, 모자라는 것이 악이라고 했던가? 어디에선가
읽었던 것인데.

2015. 3
좁은 문을 찾아야 된다. 사람들과 새로운 관계를 맺는 것보다
내가, 내 가까이 있는 사람들을 위로하고 그리워하는 것이 더
중요하다.

2015. 4
하나님께 가는 길은 거리가 없는데, 그런데 가는 길이 너무
아득하고 힘들다. 아무것도 필요 없고 믿음만 순종만 나를
부인하고 예수님의 피의 은혜만 있으면 되는데, 아 그 길이 이리
힘들 줄이야.
그분 안에 있기에 그분과 나는 한 치의 거리도 없는데 천리나
만리나 멀리 있는 것 같아 잠시 눈물이 났다.
이 험한 길, 그러나 너무나도 쉬운 길을 따라 가려는데 왜
이리 힘이 들까? 내가 가려고 했기 때문이리라. 내가 무엇인가
해야 한다고 생각했기 때문이리라. 오직 은혜로 가는 길인데.
그 은혜의 길로 가기를 간절히 바란다.

2015. 4

"예수께서 권능을 가장 많이 베푸신 고을들이 회개치
아니하므로 그때에 책망하시기도…."

권능을 베푸신 까닭이 회개하게 하시려고 그러셨던 것이다.
그분의 능력이 우리를 회개하게 한다.

깊이 내려앉은 죄를 하나씩 꺼내본다. 회개로 없어진
것들, 다시는 기억하지 않으시겠다고 하신 것들, 이제는 그만
돌아보아도 될 것들. 살인한 적도 없고 남의 것을 몰래 가져온
적도 없고 거짓 증언한 적도 없고 네 이웃의 것을 탐한 적도
없고….

정말 그럴까? 그분을 아프게 한 내 죄. 자유로울 것.
자유로울 것.

2015. 5

예수님은 권력(힘)도 물질(돈)도 없으셨다. 오직 사랑만
있으셨다. 그리고 그분은 많은 사람들에게 영향을 주었다.
사랑이 있었기 때문이다. 사랑은 힘과 물질로 하는 것이 아니다.

2015. 11

인생의 목표는 하나님께로 가는 것이다. 하나님을 찾는
일이다.

왜 사는가에 대한 답을 오늘에야 비로소 찾는다.

나이 60이 넘어서야 찾게 되었다. 무엇을 위하여 무엇 때문에 살아야 하는가가 늘 의문이었다. 그 물음에서 하루라도 떠난 적이 없었다.

여호수아 헤셸을 만날 수 있어서 얼마나 감사하고 기뻤는지. 오랫동안 헤셸에 빠져 있을 것이다. 하나님을 찾기 위해, 그분께로 가기 위해, 살아 계시는 그분께로. 어디에 계시는가?

2015. 12

몬테크리스토 백작의 신부가 그랬단다. 나는 사제지 성인이 아니야. 나는 신을, 하나님을 믿지만 하나님은 너를, 당신을 믿는다. 너와 나, 죄인이었던 우리를 믿으시는 하나님.

2015. 12

욥기 40장에 이런 내용이 있다. "하나님은 교만한 자에게 노를 쏟으시고, 악인을 밟으시고, 교만한 자와 악인을 진토에 묻고 그 얼굴을 싸서 어둑한 데 두신다." 욥의 넘치는 노로 얼굴을 싸서 어둑한 데 두신다고… 두렵고 무서운 일이다. 인간의 교만과 악의 마지막이.

하나님께서 욥을 사단의 손에 붙이셨던 것은 욥의 믿음을 믿고 눈으로 보셨기 때문이다. 욥을 통해 우리의 고통 속에 함께하시는 그분을 본다.

2016. 4

헛되고 헛된 것은 존재하는 것들의 존재가 아니고 살면서 한 나의 행동, 헛되이 한 결정이다. 이 모든 것은 나를 위해, 나를 드러내기 위해 한 행동이기 때문이다.

그렇다면 나는 누구이고 무엇인가?

부록

나의 친구, 나의 동료,
나의 스승, 나의 어머니 박창순

늦사랑 익은 사랑

가만히 눈을 감기만 해도
기도 하는 것이다

왼손으로 오른손을 감싸기만 해도
그렇게 맞잡은 두 손을 가슴 앞에 모으기만 해도
말없이 누군가의 이름을 불러주기만 해도
노을이 질 때 걸음을 멈추기만 해도
꽃진 자리에서 지난 봄날을 떠올리기만 해도
기도 하는 것이다.
…
나는 결코 혼자가 아니라는 사실을 받아들이기만 해도
나의 죽음은 언제나 나의 삶과 동행하고 있다는
평범한 진리를 인정하기만 해도

기도 하는 것이다
고개 들어 하늘을 우러르며
숨을 천천히 들이마시기만 해도

이문재님의 「오래된 기도」의 창으로 보면 박창순 교수님의
모든 글은 기도가 된다. 『늦사랑』에는 지난 시절 추억의 갈피와
주변에서 일어나는 소소한 일들, 책에서 길어 올린 사색들,
일상의 삶에서 발원한 신학적 사유 등 재미있고 곱씹을 만한

이야기가 가득하다.

　군더더기 없는 간결한 문체에서 그의 지향을 본다. 사랑의 시선으로 포착된 일상은 흑백사진처럼 무심히 흘러가는 삶의 한 순간을 잊을 수 없는 순간으로 변화시킨다. 추운 겨울 방안에 촛불 하나만 켜두어도 방안의 물이 얼지 않는다 했던 어떤 이의 말처럼, 자신의 아름다운 이야기를 단 하나만이라도 마음에 품고 살아갈 수만 있다면 생의 추위를 얼마든지 이길 수 있을 것이다.

　교수님의 따뜻한 이야기들이 겨울나무처럼 맨몸으로 추위를 견디고 있는 사람들에게 영혼의 화롯불 되어주길 소망해 본다.

　따뜻하고 정직한 스승으로 사셨던 30여 년의 세월을 멋지게 마감하시는 교수님께 먼저 축하의 마음을 전한다. 그리고 후학들에게 좋은 신앙의 선배 되어주셨음을 그리고 나에게 신실한 믿음의 길벗 되어주셨음을 진심으로 감사드린다. 김남조 시인의 『사랑초서』에서 빌려온 문장을 마음의 선물로 드리고 싶다.

　"구하기 전에/주 이미 주신 것/생명과 빛과 사랑/지금은 구하는 마음마저/더 주심을"(98쪽)

　"내 영혼이 주님께/단맛 드리게 하옵소서/지고의 성총은/이것으로 받고자 하옵니다."(102쪽)

　늘 건강하시기를….

　김진희 (목사, 초빙교수)

박창순 선생님께 '안녕'이라고 말하기

박창순 선생님으로부터 정년퇴직을 맞이하여 책 만들기를 하신다는 이야기를 들었다.

나는 정년퇴직 기념 이벤트를 준비해 드리고자 몇 번 의논하였으나 번번이 거절을 하신 터라 무엇을 해드릴까 고민중이었다. 그런데 그 책에 들어갈 글을 청하시니, 나는 기꺼이 선생님께 글 선물을 해드리고 싶다.

1998년 내가 학교에 전임으로 부임을 한 이래 계속 같은 과에 있었으니 함께한 시간이 무려 20여 년이다. 그간의 세월에 대해서는 동거동락(同居同樂) 혹은 동고동락(同苦同樂)이란 단어를 써도 될 듯하다. 어쩌면 가족만큼이나 같은 공간에서 함께 시간을 보냈으니 말이다.

나는 풀리지 않는 어려운 일이 있으면 선생님의 연구실을 노크하고 들어가 의논을 했었다. 학교 일뿐 아니라 개인적으로 속상하고 고민되는 일이 있어서 상의를 할 때마다 항상 선생님의 답은 같았다. "권용은이 누군데 그래. 권용은은 잘할 수 있잖아. 충분히 잘할 수 있어."

돌이켜보니, 나는 선생님의 똑같은 답을 예상하고도 연구실을 찾아갔다. 선생님은 언니처럼 나의 말을 그냥 다 들어주신다. 선생님을 아는 사람은 다 알겠지만, 고개를 끄덕이면서 내 이야기를 하소연까지 다 들어주신다. 좀 오버하는 것 아닌가 싶을 정도로 공감의 끄덕거림!

그리고 잘할 수 있으리라는 말을 하신다. 선생님의 답은 항상 같지만 나는 정말 고민이 해결되고 기운을 얻곤 했다. 언제나 한결같은 대답이었지만 선생님의 격려는 정말 힘이 되었다.

같은 학과에서 있었던 분들이 한분 한분 떠나가고 있다. 얼마 있으면 나도 그런 시간을 맞이할 텐데, 선생님으로부터 멋진 '안녕'을 하는 방법을 배우게 된다. 이렇게 글을 통하여 학교생활을 정리하면서 서로에게 '안녕'을 말할 수 있다니 역시 박창순 선생님이시다.

삶에는 수많은 마지막, 안녕의 순간들이 있다. 이제 아쉽지만 나도 선생님께 '안녕'이라고 말해야 한다. 그리고 그간 나에게 해주셨던 말씀을 박창순 선생님께 해드려야겠다.

학교퇴직 후에 새로운 삶을 시작하시는 선생님께.

"박창순 선생님, 잘하실 수 있어요. 여태까지 하신 것처럼 앞으로도 잘하실 수 있어요. 그리고 그동안 정말 감사했습니다."

권용은 (안산대학교 영유학부 교수)

4막을 기다리며…

박창순 선생님.

이제는 아득하게까지 느껴지는 세월의 기다란 끈을
되짚어가노라면, 그와의 인연은 다섯 살짜리 꼬마아이와의
만남에서부터 시작된다.

"거미는 곤충이 아니라 절지동물이며, 여름하늘의 별자리와
겨울하늘의 별자리는 다르다"며 나를 놀라게 했고, 마침내는
뒤늦게나마 과학에의 무지를 걷어내려 부랴부랴 나를 서점으로
달려가게 만들었던, 그 영롱한 눈빛 꼬마의 학부모로서 한없이
온화하게 느껴졌던 그의 첫인상이 기억난다.

그리고 그 꼬마가 기나긴 학업을 마치고 어엿한 의사가
되기까지 그와는 스승과 제자로, 직장동료이자 선배로 그 인연의
끈을 이어왔으니, 그렇게 엮이어온 인연의 씨줄과 날줄이 이제는
한 폭의 부드럽고 따스한, 품 넉넉한 천으로 짜여 내 어깨를
포근히 감싸는 느낌이다.

문득 그 한 폭의 천을 살펴보노라면, 그가 남긴 크고 작은
추억의 자수들이 눈에 들어온다.

거기에는 삶의 선배로서 그가 남긴 따스한 나눔의 꽃무늬가,
직장동료로서 나를 인도해 준 엄정한 등대불이 보이고, 이국땅의
여행지에서 주고받은 대화들이, 마치 그때 놀랍게 바라보던
밤하늘의 별처럼 아로새겨져 있다.

그런 그가 은퇴를 한다니.

돌아보는 추억은 그렇게 아름다운데, 시간은 그렇게 무한한

인간의 욕심을 허락하지 않나 보다.

　못내 아쉽지만 슬퍼할 일은 아니다. 이제 겨우 3막의 커튼이
내려왔을 뿐, 마지막 4막이 저렇게 남아 있지 않은가.

　그 4막이 열리고 또다시 그가 새롭게 아로새겨 줄 인연의
자수를 기대하며, 지금 이 순간만큼은 숨 가쁘게 달려온 그의
삶의 노정에 한없는 사랑과 경의의 인사를 바치고 싶다.

　하나님!

　당신의 사랑과 보살핌이 항상 그와 함께하시길!

박은미 (안산대학교 영유학부 교수)

배우는 일과 가르치는 일

안산대학에 강의를 처음 나온 해는 2003년이다. 그해에
'박창순' 선생님을 처음 뵈었다. 모교 선배지만 강사에게
전임교수는 어렵게만 느껴졌다. 학기말이나 학기초에 인사를
가야 했지만 되도록 만나는 자리를 피했다.

붙임성 없는 후배강사들에게 먼저 연락한 쪽은 선생님이셨다.
학기초에는 강의를 맡아줘서 고맙다며, 또 학기말에는 한 학기
동안 수고했다며 맛있는 밥을 사주셨던 기억이 지금도 생생하다.

9년 전, 개강을 앞둔 여름방학 때도 먼저 연락을 주셔서
교·강사모임이 열렸다. 선생님은 이번 방학에 연세대에서
한국어교사 양성과정 교육을 받으셨다며 우리는 어떻게
지냈는지 물으셨다.

덥다는 핑계로 무위도식하며 지냈던 나는 할말이 없었다.
환갑을 앞둔 전임교수가 젊은 사람들과 함께 새로운 것을
배운다는 용기는 무엇인가. 새로운 배움이 두렵고 늦었다고
생각했던 40대의 나는 한없이 작아졌다.

선생님의 또 다른 가르침에 나도 학생이 됐다. 이듬해에
한국어교사 양성과정 교육을 받았고 한국어교원 자격시험까지
응시했다. 120시간 동안의 긴 수업을 듣는 입장이 되니 학생
입장으로 여러 강의법을 평가할 수 있었고, 덕분에 나의 강의를
되돌아보는 기회가 되었다. '가르치는 사람도 가끔은 배우는
학생의 입장이 되어보는 게 필요하구나' 하고 다시 배웠다.

가르치는 일과 배우는 일을 함께하기는 쉽지 않다. 일에

쫓기다 보면 관성적으로 일을 대하게 되고, 가르치는 일의 보람이나 즐거움은 잊어버리기 십상이다. 오래된 습관처럼 강의를 하고 있던 나에게 한국어교사 양성과정은 학생이 되어 배우는 일이 무엇인가, 가르치는 일이 무엇인가를 다시 생각하게 했다.

내 늦깎이 도전은 선생님의 배우는 용기 덕이다.

요즘은 매주 수요일마다 야학을 나간다. 집안형편으로 인해 배움의 기회를 놓친 분들을 만나는 일이다. 낮에는 생계를 위해 노동을 하고 저녁에는 배우겠다는 열의로 교실 자리를 채우는 뜨거운 분들이다. 작은 배움을 기뻐하고 10대에 누리지 못했던 학창시절을 지금이나마 누리는 것에 행복해하는 사랑스러운 이들이다.

덕분에 나는 가르치는 일과 배우는 일을 동시에 하고 있다. 당연한 것이었기에 소중함을 몰랐던 배우는 일이 얼마나 소중한 것인가를, 남을 가르치는 일이 얼마나 감사한 일인지를 배우고 있다. 참 고맙고 소중한 일이다.

이미향 (숙명여대, 안산대 강사)

가르침의 본을 보이다

"삼인행필유아사언"(三人行必有我師焉)이라 했던가!
『논어』(論語)의 「술이편」(述而篇)에 나오는 구절로 "세 사람이
길을 같이 걸어가면 반드시 내 스승이 있다. 좋은 것은 본받고
나쁜 것은 살펴 스스로 고쳐야 한다"는 뜻이다. 우리 주변에서
깨달음이나 가르침을 주지 않는 일은 아무것도 없는 듯하다. 우리
모두는 누군가의 스승일 수 있고 스승이 된다. 그렇다고 누군가의
참된 스승이 되는 것은 아니다.

우리는 사회생활을 하면서 많은 사람들을 만난다. 사회가
복잡해지면서 오래 지속될 관계나 배울 게 많은 소중한 인연을
간직한 사람들보다는 업무적인 관계로 그저 형식적인 만남에
불과한 스치는 인연의 사람들을 더 많이 만나게 된다. 그러다
보니 사회가 점점 각박해지고 인정이 메말라가는 것이다.

이럴 때일수록 주변에 참된 스승과 좋은 친구와 함께 세상을
살아간다면 얼마나 좋을까. 나는 기회가 될 때마다 학생들에게
자신이 믿고 의지할 수 있는 선생님 한 분 정도는 꼭 있어야
된다고 말한다.

지금까지 살아오면서 몇 분의 선생님을 가슴에 담아두고
있다. 학부와 대학원에서 학문을 지도해 주신 최인학 선생님,
김용성 선생님 그리고 안산대에서 만난 박창순 선생님이다.

2006년 2월의 어느 날, 신촌에 있는 연세대동문회관 근처에
있는 한정식 집의 교·강사모임에서 처음으로 선생님을 뵈었다.
식사가 끝날 무렵, 선생님은 "우리 학생들 잘 부탁한다"는 말씀을

하신 것으로 기억한다. 당시에는 그것이 의례적인 인사말인 줄 알았다. 하지만 지금은 그때의 그 말씀이 단순한 인사치레가 아님을 안다.

그동안 선생님과 세 권의 교재를 만들었다. 교재에 들어갈 글을 선정할 때 주안점을 둔 것은 좋은 글, 그냥 좋은 글이 아니라 학생들의 눈높이에서 보았을 때 얼마만큼 좋은 글이냐는 것이었다. 예나 지금이나 학생들을 생각하는 선생님의 마음은 한결같으시다. 요즘 강의에 대한 열정이 예전만 못한 나로서는 선생님의 모습을 볼 때면 부끄럽기 그지없다.

요즈음 학생들의 실력이 하향 평준화되는 것처럼 보인다. 글은 읽되, 뜻을 몰라 문장을 이해하지 못하는 것이다. 그 대부분이 한자어 때문이다. 선생님은 한자교육을 매우 중요하게 여기셔서 몇 년 전까지만 해도 매학기 학생들에게 한자쓰기를 과제로 내주었다. 그런데 학생들 입장에서 한자쓰기는 공부가 아닌 노동이었나 보다. 그래서 과제를 점점 줄이다 보니 어느 순간 한자쓰기를 하지 않게 되었다.

한자교육을 중요시했던 선생님으로서는 쉽지 않은 결정이었을 것이다. 아마 지금은 한자쓰기를 없앤 것을 후회하고 계실지도 모르겠다.

선생님과 이야기를 하다 보면 마음이 편안해서 소소한 것까지 말할 때가 있다. 그러면 좋은 일은 같이 기뻐해 주시고, 좋지 않은 일은 같이 염려해 주신다. 나중에 만나면, 그때 일이 어떻게 결론이 났는지 물어보신다.

다른 사람의 이야기라고 허투루 듣는 법이 없으시다. 남을 배려하는 자세가 몸에 밴 분이다. 내가 드린 것에 비해 선생님께 받은 것이 너무 많아 항상 감사하는 마음을 갖고 있다.

학생들에게는 좋은 선생님이, 후배선생들에게는 가르침의 본을 보이신 선생님이 학교를 떠나신다.

최근 몸이 좋지 않아 고생하셨는데, 이 자리를 빌려 항상 건강하시기를 기원한다.

이영수 (인하대, 안산대 강사)

나무처럼

어둠을 걷고
나무는
늘 푸름으로
아침에 깨어난다.

가장 낮은 곳을 향하여
깊은 물을 길어 올리고
가장 높은 곳을 향하여
날개를 편다.

나무는 성장한다.
자라서 자라서
큰 키가 된다.
나이테를 넓혀
너그러운 품새가 된다.

나무는 바람을 두려워하지 않는다.
뭇짐승들처럼
뙤약볕과 매서운 추위엔들
움츠러들지 않는다.

나무는

쉽사리 방황하지 않는다.
그의 어머니인 흙을 탓하지 않는다.
나무는 나무에게
시샘하거나 증오하지 않는다.
화살 같은 말을 건네지 않는다.

겨울나무는
예수가 달린 십자가이다.
부활을 준비하는 움터이다.

나는 나무를 사랑한다.
오늘도 나무를 닮고 싶어한다.

한 평생을 큰 나무처럼 강단을 지키셨던 박창순 교수님의
정년퇴임을 축하드립니다.
교수님처럼, 나무처럼 살겠습니다.

김함겸 (안산대 방사선과 교수)

해맑은 미소의 스승님

"내가 네게 명한 것이 아니냐. 마음을 강하게 하고 담대히
하라. 두려워 말며 놀라지 말라. 네가 어디로 가든지 네 하나님
여호와가 너와 함께하느니라 하시니라."(수 1:9)

어릴 적부터 가난한 집안형편으로 산업현장에서 일을 해야
했던 저에게 대학에 가고 싶은 열정과 갈급함은 매일 교회에
가서 기도하는 일이었습니다. 하나님께 서원하듯이 대학에 가게
되면 하나님을 위해서 살고 싶다고 기도했었는데, 안산대학
간호과를 진학하게 되었습니다. 완전하신 하나님의 계획
속에 기독교학교에 가게 된 것입니다. 특별히 간호과는 모든
교수님들이 기도와 사랑으로 학생들을 훈육해 주셨습니다.

전공과목은 아니지만 국어를 담당하신 박창순 교수님은 처음
교실에 들어오신 그날을 잊을 수가 없습니다. 아담한 몸매는
아니시지만 볼수록 귀여우시고 코스모스 같은 소녀의 모습으로
학습을 진행해 주셔서 제게는 무척 인상이 깊었습니다.

역대 학술부장에 비하면 너무 어설프고 부족한 학술부장을
할 때도 항상 격려와 아낌없는 조언과 지도로 한 해를 잘
마무리하게 도와주셨습니다. 열등감과 위축된 성품의 소유자인
제게 주님의 사랑으로 접근해 주셨고, 적극적·긍정적으로
살아가도록 방향을 인도하신 교수님을 생각하면 얼마나
감사한지 모릅니다.

저뿐만 아니라 모든 학생들에게 열린 마음으로 대화를
하시고 비전을 품게 하신 교수님은 우리 모두의 스승님이십니다.

비록 졸업한 지 30년이 지났지만 아직도 학교를 생각하면 선한 미소와 열정이 넘치는 목소리로 교단 앞에 서신 교수님을 잊을 수 없습니다. 학교를 졸업하고 병원에서 10여 년 근무한 후 주의 종을 만나서 시골에서 목회할 때도 안산대 교수님들의 헌신으로 교회건축을 시작할 수 있었습니다. 학교는 제게 있어서 영적인 어머니이고 고향과 같은 곳입니다.

하나님의 부르심으로 한국을 떠나 낯선 곳에 있을 때도 잊지 않으시고 기도와 사랑으로 지지해 주신 박창순 교수님께 진심으로 감사를 드립니다. 한국사람이 거의 없는 이국땅에서 외롭고 또는 막막할 때, 여호와 이레의 하나님을 알게 하신 교수님은 저에게 많은 위로와 힘이 되었음을 이제야 조심스레 고백드립니다.

어느덧 은퇴 소식을 듣게 되니 가슴이 먹먹하고 아쉽기만 합니다. 학교가 커지고 역사가 깊어질수록 제가 기억하는 교수님은 학교를 떠나고 없겠지만 교수님의 열정과 사랑으로 훈련된 제자들은 세상 곳곳에서 아름다운 영향력을 발휘하며 행복하게 살아가고 있으리라 믿습니다.

그동안 저희들 잘 지도해 주셔서 감사합니다. 예수님의 사랑으로 기도해 주시고 격려해 주신 교수님, 사랑합니다.

학교와 교수님의 제자로 제가 있는 곳에서 성실하게 행복하게 주의 마음을 나누며 살아가겠습니다.

김영란 (수산나, 말레이시아 선교사)

함박웃음이 아름다운 박창순 교수님께

설레는 마음으로 대학교에 입학하여 처음 뵌 교수님은
환한 웃음으로 새내기들을 맞아주셨습니다.
복도를 지나다 언제 만나도
자상한 미소로 반겨주시는 교수님을 보면서
훗날 교사로서의 꿈을 키워갈 수 있었습니다.
아낌없이 제자들을 사랑으로 섬겨주신 교수님의 모습은
항상 제 마음속에 따뜻함으로 자리 잡고 있습니다.
이젠 호탕한 교수님의 목소리를 들을 수도 없고,
인자하신 교수님의 모습을 뵐 수도 없을 것이라 생각하니
가슴 한켠이 시려옵니다.

교수님을 만난 지 29년,
은발머리 교수님의 흰머리는 지나온 교직생활 영광의
흔적입니다.
제자들과 희로애락을 함께 나누며
교수님의 검은머리는
어느새 함박눈이 쌓인 겨울처럼 하얀 눈으로 덮였습니다.
교수님 머리에 하얀 눈이 쌓인 만큼
교수님과 함께한 추억들도 제 마음속에 쌓여갑니다.

많은 제자들의 박수와 함께
교직을 마무리하시는 교수님.

제자들의 애절한 눈빛을 애써 모른 체 고개를 돌려
힘겹게 발걸음 돌려가실 교수님,
어디를 가시더라도 존경받고 사랑받으실 교수님이시기에
애써 눈물을 감추렵니다.
그동안 따뜻한 정을 쏟아내고 뿌리셨기에
제자들 모두 감사하고 있습니다.

온화하고 따뜻하고 자상했던 교수님,
교수님께서 보여주신 사랑, 따뜻함, 온화함, 자상함을 본받아
훗날 제 은퇴식에서 교수님처럼 존경을 받으며
기쁘게 마지막을 추억할 수 있기를 꿈꿔 봅니다.
명예롭게 은퇴하시는 교수님 제2의 인생을 축복합니다.
하나님의 은혜와 동행하심으로
언제나 건강하시고 행복하세요.

강보경 (안산시 육아지원센터 센터장)

딸이 나누는 이야기

저는 목사입니다. 제가 속해 있는 미국연합감리교회에서는 이상한 일이 아니고 자연스럽지만 한국에 계시는 분들에게는 여자가 목사인 것이 많이 의아하실 것 같습니다.

한국에서 자랐지만 제가 여자이기에 무언가를 못한다고 생각하고 살아본 적은 없습니다. 엄마가 보여주신 모습이 제게 그리 가르쳐주신 듯합니다. 사회에서 '여자'로 커가길 원하시기보다는 늘 '사람'으로 커가길 원하셨습니다. 그래서 제가 제 삶의 자리를 찾아 목사의 길로 들어섰을 때 '여자'라는 것에 대한 제한 없이 담담히 응했고 지금은 북일리노이 연회와 대학에서 감리교 담당목사로 일하고 있습니다.

당신의 삶을 전문직업인으로 지켜가면서 동시에 엄마이고 아내이고 며느리이고 딸이셨던 엄마의 모습은 제게 삶의 본보기가 되었고, 지금의 저를 만들어낸 가장 큰 원동력이고 위로이고 격려였습니다. 연신이 엄마, 아빠의 아내 자리가 중요한 만큼이나 '박창순 교수'로서의 자리 또한 늘 최선을 다해 만들어가는 모습이 저에게는 사회에서 제 자리를 만들어가는 데 큰 본보기가 되어주셨습니다. '여자'여서 무엇인가를 못하고 덜하고 포기하는 것이 아니라, '여자'여도 당당히 꿋꿋이 해낼 수 있다는 삶을 당당히 보여주신 엄마의 모습 자체가 저에겐 가르침이었습니다.

커서 생각하니 그런 엄마의 삶이 얼마나 고단하셨을까

싶습니다. 지금은 세상이 많이 바뀌어서 '직장맘'이 많아졌지만 제가 클 때는 한 반에 한둘 정도가 '직장맘'의 자녀였습니다. 지금도 많지 않은 직장맘들을 위한 도움이 그 시대에는 더 적었을 것입니다.

사춘기 딸의 도시락을 새벽마다 싸시고(늘 격려가 담긴 손편지와 함께), 늘 똘똘하지만 그만큼 개구졌던 남동생, 다른 아빠들에 비해서는 자상하시고 많이 돕는 편이었지만 그래도 한국남자였던 아빠 그리고 엄마의 강의, 학생지도, 공부 그리고 엄마의 글들…. 전형적인 애니어 그램 1번 유형(원칙과 도덕적인 것에 충실하고 꼼꼼하며 자신에게 철저한 완벽주의 기질)인 엄마는 모든 일에 성실하게 임하셨던 듯합니다. 그리고 철없던 저는 엄마는 당연히 그렇게 살아야 하고 그래도 되는 줄 알았습니다.

얼마나 고단하셨을까 하는 생각을 이제야 해봅니다. 얼마 전 엄마에게 어떻게 그 일들을 다 하셨는지 여쭈었을 때 "그때는 다섯 시간만 자도 많이 자는 거였어" 하시던 말씀에 마음이 뭉클했던 기억이 있습니다. 그 시간들을 어떻게 견디셨는지 여쭈었을 때, 아무렇지도 않으시다는 듯이 '신앙'이 있었기에 할 수 있었다는 말씀에 또 힘을 얻었습니다.

엄마 개인적인 일, 가족에 대한 일들 그리고 학교의 크고 작은 일과 학생들 하나하나를 기억하고 기도하시던 엄마의 모습들이 지금의 엄마를 지탱해 온 힘임을 알기에, 신앙으로 삶의 힘을 얻으심을 보여주신 믿음의 여정에 감사하고, 물질과 인맥과 지식이 아닌 하나님에 대한 믿음이 삶의 본질임을 삶을 통해 보여주신 엄마의 모습에 감사합니다.

엄마가 학교에 안 가시고 놀아줬으면 했던 어린 날들이 기억납니다. 하지만 커가면서 전문직 여성으로서 살아가시는 엄마의 모습에서 오는 배움, 자랑스러움이 더 컸던 것이 사실입니다. 또한 바쁜 엄마 덕에 아빠와, 할머니할아버지 그리고 이모와, 남들이 갖기 쉽지 않은 추억들도 적지 않습니다.

아주 철없던, 미운 일곱 살 때입니다. 아직 동생이 태어나기 전이어서 모든 게 나의 세상이었던 아이가 자그마한 사고를 쳤습니다. 드라마를 통해 '사표'라는 편지(?)가 있음을 배웠습니다. 그리고 단호히 결정을 하고 깨끗한 원고지를 찾아서 엄마를 위해서 또박또박 사표를 썼습니다. "사표 우리 엄마는 저랑 더 놀아야 합니다. 이연신 올림"

그 사표를 주일예배 후 지금을 작고하신 강석복 장로님께 드렸더니, 당시 학장이시기도 했던 장로님은 아무 말씀 없이 저를 꼭 안아주셨던 기억이 납니다. 그때 꼭 안아주시던 장로님의 사랑이 감사하고, 그 사표가 처리되지 않은 게 감사하고, 분명 엄마도 아셨을 텐데 아무 말 안하셨던 너그러운 마음에도 감사할 따름입니다.

입시며 졸업식, 입학식 등등의 준비로 바쁘셨던 엄마의 2월이 올해부터는 조금 다른 시간으로 채워질 듯한데, 지난 40여 년의 시간을 그리하셨듯이 남은 시간도 멋있게 엄마의 시간으로 채워가기를 기대하고 기다리고 기도합니다.

엄마, 오랜 동안 수고 많으셨어요. 그리고 많이많이 고맙습니다. 엄마는 예전에도 지금도 앞으로도 제게는 The Best

Mom이에요. 많이많이 사랑하고 존경합니다.

　미국에서 보낼 앞으로의 많은 날들을 손꼽아 기다리며 은퇴 축하드려요.

이연신 (로사, 북일리노이주립대학교 연합감리교회 목사)

사위가 나누는 이야기

지난 시간을 돌아보면 일련의 사건들과 그 순간들이 점처럼 느껴지고 그 점들이 이어져 선이 되는 것 같습니다. 사람에 따라 그 선이 직선 또는 곡선, 그도 아니면 갈지자가 되기도 하지요. 어머님을 봬온 지난 20여 년을 돌아보면 그 점들이 모여 선을 이루고, 그 선들은 단순한 선의 형태를 넘어 늘 한결같은 믿음과 신뢰 그리고 버팀목이라는 글을 만드는 것 같습니다.

교제하던 사람의 어머니를 처음 뵈었던 2000년 가을 그날을 기억합니다. 쉽지 않았던 그 자리에서 어머님이 "도덕경 읽어보셨어요?" 하신 질문은 강한 인상으로 남아 있습니다. "전도사님이니까 성경은 많이 읽으셨을 거고, 혹시 읽어봤나 해서요. 하나님 말씀을 읽는 데 깊이를 더해 줄 것 같은데."

마침 그해 봄학기에 '도덕경과 요한복음'이란 강좌를 수강했던 것이 얼마나 감사했는지 모릅니다. 단 한번의 식사자리였지만 어머님의 겸손하심과 따스함 그리고 믿음을 느끼기에 충분한 시간이었고, 그날이 바로 지금은 제 아내가 된 사람과의 결혼을 확신한 날이었습니다.

가진 것 없이 세상물정 모르던, 열정과 패기만으로 살 수 있다고 믿던 20대 후반에 결혼을 하고 또 얼마 되지 않아 철부지 사위가 귀하디귀한 딸을 데리고 아프리카 선교를 가겠노라 했을 때도 어머님은 늘 든든한 믿음의 후원자가 돼주시고 기도해 주셨습니다. "하나님이 함께하시는데 내가 왜 걱정을 하니?

다녀와."

하지만 잘 알고 있었습니다. 어머님이 우리의 안전을
위해 그리고 사역을 위해 얼마나 많은 새벽제단을 쌓으시며
기도하셨을지요. 또한 어머님의 "다녀와"라는 그 말씀이 그
시간만이 아니라 지금까지도 삶의 여정 가운데 쓰러지지 않게
힘이 되는 얼마나 큰 버팀목인지 모릅니다. 탕자가 타지에서
방황하다 고된 몸과 마음으로라도 쉼을 찾아갈 수 있었던
아버지의 품처럼 말입니다.

서른을 넘겨 유학을 가겠노라 말씀을 드리고 학교가
시작되기 전 인도에 있는 작은 신학교에서 잠시 아내와 함께
강의하던 중 장인어른을 놓쳤습니다. 늘 한결같이 좋은
아버지이자 친구 같으셨던 장인어른을 하루아침에 갑작스레
보내드렸을 때도, 가장 힘이 드셨을 어머님은 자식들에게 큰
버팀목이 되어주셨습니다. 서 있는 것이 늘 당연하듯 든든했던
땅이 흔들리고 무너지는 느낌이었고, 탕자가 돌아갈 길을 잃은
듯한 느낌이었습니다. 너무도 황망한 마음에 유학을 취소하고
가까이에서 모시고 살겠다고 말씀드렸을 때, 어머님은 "하나님이
하실 거야. 하나님이 지켜주실 거야. 걱정하지 말고 다녀와"라고
말씀하시며 되레 힘이 되어주셨습니다.

몇 해 전 공부를 마치고 정착하여 사는 집에 오셔서 어느
날 아침 거실에 앉아 나지막이 "이제는 됐다. 하나님이 하신
거야"라고 하시는 말씀을 들으며 송구함과 더불어 얼마나
감사했는지 모릅니다. 한결같이 믿음과 신앙의 본을 보여주시고,
또한 큰 버팀목이 되어주셔서 말입니다.

이제 42년이라는 결코 짧지 않은 시간 동안 교육자로서 제자들을 양성해 오셨던 교수직에서의 은퇴를 앞두고 계신 어머님께 마음 담아 큰 박수를 드립니다. 자식들에게 보여주셨던 그 마음을 담아 한평생 가르치시던 교단을 떠나는 마음이 어떠실지 저로서는 감히 가늠할 길이 없습니다.

다만 여러 학술지에 기고하는 것도 중요하지만 그보다 사람의 마음을 따뜻하게 해줄 수 있는 한 편의 글이 더 귀한 것 같다고 하셨던 말씀이 떠오릅니다. 이제는 어머님의 마음을 담을 글을 쓰실 수 있는 시간이 더 허락된 것 같아 기쁘고, 글을 통해 그 마음을 더 많은 사람에게 나누실 수 있기에 또한 기쁩니다. 또한 저희와 함께하실 수 있는 시간이 많아질 것에 감사한 마음입니다.

이현철 (워터만 연합감리교회 목사)